フランクル『夜と霧』への旅

河原理子

朝日文庫

本書は二〇一二年十一月、平凡社より刊行されたものです。
登場する人の職業・肩書等は取材時のものです。

まえがき

一本の松明《たいまつ》が消えたとしても、それが輝いたということには意味がある。
（V・E・フランクル『人間とは何か』）

フランクルに、なぜこんなにはまったのだろう。「はまる」というよりは、「浸《ひた》る」という感覚が近い。

この人の本を最初に手にとったのは、学生時代。『夜と霧 ドイツ強制収容所の体験記録』という本だった。ずいぶんたってから、私はその本を読み返すようになった。そこに書かれていたのは、もはや人生に何も期待できないような環境のなかで、人はいかに人間でありえたのか——。フランクルが強制収容所で深淵のなかに見た、人間の真実を綴《つづ》ったものだった。

それから私はこの人の著書を探しては、読むようになった。

そしてあるときふと顔をあげると、フランクルの言葉を生きる縁《よすが》にしている人が、そこここにいるのが見えた。

ヴィクトール・エーミール・フランクル（一九〇五〜一九九七年）は、オーストリアのウィーンで生まれたユダヤ人の精神科医だ。ユダヤ人排除を推し進めたナチスドイツにオーストリアが併合され、妻や両親ともどもウィーンから追い出されて強制収容所に送られた。一九四五年、四つめの収容所で解放されて、ひとりウィーンに戻ったときは、四十歳。再会を夢見た家族は、すでにこの世にいなかった。深い失意のなかで書き上げた一冊が、『一心理学者の強制収容所体験』。のちに世界でベストセラー、ロングセラーになる本である。日本では『夜と霧』という書名で出版されている。

どんな運命に見舞われたとしても、人は運命に翻弄されるだけの存在ではなくて、不条理を引き受け、運命に対してどんな態度をとるか決める精神の自由があるのだ、とフランクルは説いた。それでも人生にイエスと言うことができるのだ、と。そうした考えをフランクルは、あの強制収容所の生活のなかで確かめたのだ。

『夜と霧』が、みすず書房から出版されたのは、一九五六年八月十五日。この本の翻訳では世界で二番目に早かった。日本は実は、早くから、そして長いこと、フランクルの本を大切に読み継いできた、フランクル愛読者の国なのだ。

一九九〇年代には、フランクルの講演録『それでも人生にイエスと言う』などのシリーズが春秋社から出されるようになり、「生きる意味」を語る思想家としてのフランクルに、新たな光があてられた。

そして、東日本大震災の後、再び注目されるようになった。

フランクルにまつわる人のつながりを、二〇一一年春、私は朝日新聞の「ニッポン人脈記」というシリーズで連載した。タイトルは「ニッポン人脈記　生きること」。二〇一一年四月十八日から五月十一日まで、平日夕刊に十四回掲載された記事が、この本の核になっている（夕刊のない地域では翌日朝刊に掲載）。震災のすぐ後に掲載されたのは、偶然でしかない。前の年から取材を進めてきて、いざ書こうと机に向かっていた三月十一日に、震災が起きた。

うろたえた。こんなときに、生きる意味について書くなんて……。

けれども、フランクルが伝えようとしたことは、普遍的なことだった。私はそれを確信することができた。こうして、余震や計画停電の騒動のなかで、新聞の連載は、書かれ、読まれた。だからどこかに、そのときの緊張や、ふるえるような気持ちが、しみこんでいるかもしれない。

そしてこの連載が、私にとって新たな出発点になった。長い思考の過程で、私は、自分がいかにフランクルについて、彼が過ごした強制収容所について知らないかを知った。日本では、多少の誤解を含めてフランクルのイメージがつくられてきたことにも気がついた。

生きることに対するフランクルの思想は、広くて深くて、骨太で、そう簡単にはわからない。もっと知りたいという思いを止められなかった。

かくして、連載は終わったのに、さらに個人的に取材を続け、国内外の資料を探し、夏休みにフランクルの足跡をたどり、フランクルが唱えた「ロゴセラピー」を学ぶようになった。

そもそも、十代の終わりに手にとり、ろくに理解しなかったフランクルの本が、人生の後半にさしかかって、なぜよみがえってきたのだろう。

私自身のフランクルへの旅は、遠い昔に始まっていたのかもしれない。

フランクルの生涯については、『フランクル回想録　20世紀を生きて』やハドン・クリングバーグ・ジュニアの『人生があなたを待っている〈夜と霧〉を越えて』に詳しい。

ここでは、私が浸ったフランクルという人について、そこから私がもらった生きる糧《かて》について、書いてみたい。

第一章では、日本にフランクルを紹介する嚆矢《こうし》となった『夜と霧』について。第二章は、日本の読者やゆかりの人のことを。第三章は、強制収容所で何を体験したのか。第四章はフランクルをよく知る家族の話を。そして第五章で私自身がどう読んできたのかを、書いている。新聞連載は、人のつながりを描くことが中心だったが、ここでは、むしろそれ以外の部分について、取材を重ねて書いた。

本文では、敬称を省略させていただいた。

ご協力いただいたすべての方に、感謝申し上げたい。

フランクル『夜と霧』への旅●目次

フランクル『夜と霧』への旅

ドイツ、テュルクハイムの「ヴィクトール・フランクルの道」99番地。強制収容所の死者のための小さな慰霊施設がある〔河原理子撮影〕

凡例

〈 〉日本語文献からの引用

《 》外国語文献からの要約引用

引用の中の〔 〕は筆者が書き加えたものです

ヴィクトール・フランクル。ウィーンのポリクリニックで。
強制収容所から帰ってきて、周囲のすすめで本を書き、この病院の神経科の医長になった。そしてここで新しい出会いを得た。

Viktor Frankl,österr. Psychologe und Arzt. Photographie. 1948.

フランクルに関連する強制収容所の地図（国境線は2012年現在）

序章　生きる意味

「けさ、茨城県取手《とりで》市で刃物を持った男性がバスの乗客に切りつけた、というニュースが流れてきました。実行犯の男性は二十七歳。住所不定無職。自分の人生を終わりにしたかった、そう話しているといいます。それで思い出したのが、秋葉原の無差別殺傷事件。あるいは数年前に土浦市の駅であった無差別殺人。そのときも実行犯になったのは、二十代の男性でした」

東京・六本木のライブハウスで、清水康之が若者たちに語りかけていた。二〇一〇年暮れのことだ。

清水は、このとき三十九歳。ＮＨＫのディレクターを辞めて、ＮＰＯ法人「自殺対策支援センター　ライフリンク」を二〇〇四年に始めて、代表をしている。

この夜は、生きづらさや生きる意味について語っていこうとライフリンクが企画した、連続対談の三回目。師走の金曜の夜、にもかかわらず、仕事帰りらしきスーツ姿の人たちもまじり、うす暗い小さな会場は二百人近くでぎっしり埋まっていた。

〈暗闇の中でしか、見つけることのできない光がある〉

そんな文句がチラシにあった。

日本の自殺者の数は、一九九八年に急増して、二〇一一年まで十年以上連続して年間三万人を超えていた。とりわけ若い世代では、自殺が死因のトップになった。『自殺対策白書』を見ると、この年つまり二〇一〇年は、十五歳から三十九歳まで、「自殺」が死因の第一位だ。そのうち二十五～二十九歳の男性では、「自殺」による死者数が、第二位の「不慮の事故」の死者数の三倍。尋常なことではない。

なぜ、これだけ多くの若者が死に向かうのか。社会の側にも何か要因があるのではないかと考える清水たちは、「死んではいけない」という言い方をしない。「生き心地の良い社会をつくろう」と呼びかけてきた。

この夜のゲストは、ラジオパーソナリティの小島慶子と、文化人類学者の上田紀行。二人と一緒に清水は、自分が生きづらかったころのことも話した。

「僕らの世代は、『今日よりも明日は必ず良くなる』という高度成長期の幻想のなかには、もう生きられない。でも、だからといって、どう生きたらいいのかわからない。生きる意味を考える孤独な作業を、こうして集まって、同世代と語り合って、していきたい」

そう清水は言った。

やりとりは、インターネットのニコニコ生放送で中継されて、終わるころには、アクセス数が、四万二千を超えた。

「さかのぼると、僕は高校やめているんですよ。高校一年と同時に中退している。テストの点数が廊下にバッと張り出されて。こんなもので評価されてたまるかと……」

その夜こう語ったように、清水康之は、高校を一年終えたところで中退している。

忙しい清水に私が再び会って話を聞くことができたのは、正月明け早々だった。

清水は、いわゆる団塊ジュニア世代にあたる。高校に進んだのは、一九八七年。

「ずっと、競争、競争だった」とふりかえる。そのころの教育界のキーワードをたどると、体罰、校則、校内暴力、いじめ、そして登校拒否——いまでいう不登校だ。

清水が進んだ関東の私立高校は比較的新しくて、そのころ進学実績づくりに力を入れていたらしい。ただ、何らかの形で成績を生徒に伝えて奮起をうながす高校は、少なからずあったのではないか。本当のところ何が一番嫌だったのだろう。清水に問いかけると、しばらく考えて、こう答えた。

「有無を言わせず従わせようとする姿勢が、嫌だったんだと思います」

人間の価値はどこの大学に行ったかで決まる、と言う先生がいたので、おかしいと反論すると、「お前はそんなこと言える立場か」。突き放されて、議論にならなかったと、清水は話す。

「ここにずっといたら、理不尽さに簡単に耐えられる大人になっちゃう。一年分の単位だけ取って、なかば逃げるように高校を辞めました」

十六歳の夏、清水は父親の「知り合いの知り合い」を頼って、アメリカ・カンザス州の田舎町に渡り、地元の高校に通った。ホストファミリーは日本語がわからない。いまのように国際電話が簡単にかけられるわけでもない。日本語に飢えた。つらいときは、ホストファミリーが寝静まった夜、日本から母親が送ってくれたビデオを見た。

そのなかに、テレビ朝日の討論番組「朝まで生テレビ!」の録画があった。政治学者の姜《カン》激して語る出演者のなかで、違うことは違うと静かに語る人がいた。

尚中《サンジュン》。後に「在日韓国人で初の東大教授」になる姜は、そのころ国際基督《キリスト》教大学の助教授だった。

姜が語った「ビトウィーンネス（betweenness）」という言葉が、清水の心に残った。はざまに生きる、という姜の志である。清水は、アメリカで暮らして、日本人であることを強く意識させられる一方で、一時帰国しても日本社会に帰属意識が持てないでいた。

ニューヨーク州立大学に進んだ清水は、姜に学びたいと手紙を書いた。そして、一九九四年秋に帰国して、国際基督教大学三年に編入。姜が東大に移る前に卒業させた最後の教え子になった。

清水は国際政治に関心があった。「国家という枠組みの限界性と絶対性」というテーマで卒論を書くつもりだった。

ところが、オウム事件が起きる。

一九九五年三月二十日朝、東京の官庁街にある霞ケ関駅を通る地下鉄三路線の五本の電車で、乗客たちが「目が見えない」「息ができない」と、駅や地上出口付近に次々と倒れ込んだ。救急車が足りず、病院は廊下まで被害者があふれ、東京は大混乱に陥った。揮発性の毒物サリンを入れた包みが地下鉄車内に置かれたためで、通勤通学客や地下鉄職員ら六千人以上がサリン中毒などの被害を受けて、十人以上が亡くなった。二日後に警察はオウム真理教の教団施設を一斉捜索。やがて教団幹部や信者が逮捕されて、地下鉄サリン事件のみならず、前年起きた松本サリン事件、ずっと「失踪事件」とされてきた坂本堤弁護士一家の殺害事件なども、教団の犯行だったことが明らかにされていく。

教団幹部は、ヨガ道場を開いていたオウムに大学や大学院時代に入った者が目立った。そこからなぜ、殺戮《さつりく》にまで進んでしまったのか。実行犯たちの軌跡を追う新聞連載に、当時二十代の若き幹部・井上嘉浩《よしひろ》が中学三年のときに書いた詩のような言葉が載った。

それを読んで、清水は驚いた。

〈井上の《願望》と題した手作りの絵本がある。／八四年の暮れ、中学三年生の時の授業で「自作の童話をまとめるように」と言われ、作った。オウム教に出あう直前で、関係者は「井上のすべてが分かる」と話す〉

（「地下鉄サリン事件　実行班十一人の過去　5」朝日新聞一九九五年

六月十一日付朝刊　以下、全国紙は東京本社発行の最終版）

それは、「15の夜」「卒業」などの曲で知られ、一九八〇年代の若者のカリスマだったシンガーソングライター尾崎豊の曲をまねて、井上が書いたものだ。「絵本」といっても、高層ビルや駅のホームを描いた絵の余白に、こんな言葉が並んでいた。

〈朝夕のラッシュアワー／時につながれた中年達／夢を失い／ちっぽけな金にしがみつき／ぶらさがってるだけの大人達〉

〈時間においかけられて／歩き回る一日がおわると／すぐ、つぎの朝／日の出とともに／逃げ出せない、人の渦がやってくる〉

〈救われないぜ／これがおれたちの明日ならば／逃げ出したいぜ／金と欲だけがある／このきたない人波の群れから／夜行列車にのって……〉

自分が高校時代に感じていたことと同じじゃないか、と清水は驚いた。井上は関西で育っていたが、清水の二学年上にあたる。

息苦しさは自分だけの問題ではなかったのだ——。あのまま日本にいたら、自分もオウムへ入ったのだろうか? あるいは、話題になった本『完全自殺マニュアル』(一九九三年)を手にして、死へ向かったのだろうか……。清水は、国家論よりも、どう生きればよいかを、考えるようになった。

卒論のタイトルを、「日本脱出マニュアル」に変更。主体性の喪失という病が蔓延する日本を脱出してたくましく生きよう、と説いて、ワーキングホリデー、留学、国際ボランティアなど、具体的な選択肢まで示した。

およそ卒論らしからぬ卒論に、姜が書いた感想は――。

〝それでも人生にイエスと言う〟いいと思う　姜尚中

それでも人生にイエスと言う? 何だろう。

清水は調べてみて、ナチスドイツの強制収容所を生き抜いた精神科医、ヴィクトール・フランクルの本の題名だということを、知った。その本を、古本屋で買って読んだ。こんなことが書いてあった。

〈人間はあらゆることにもかかわらず――困窮と死にもかかわらず、身体的心理的な病気の苦悩にもかかわらず、また強制収容所の運命の下にあったとしても

――人生にイエスと言うことができるのです〉（『それでも人生にイエスと言う』）

姜は「清水君がまぶしく見えた」とふりかえる。

「人間に対するポジティブな思いが印象的でね」

在日コリアン二世として熊本市で生まれた姜は、大学院時代に、ある勉強会でフランクルの講演録「意味への意志」を知った。以来、フランクルの多くの著書を読んで、支えられてきたという。

なぜ自分は在日に生まれたのか。なぜ父母の国は同じ民族で争うのか。なぜ在日には仕事がないのか……。他者のまなざしを取り込んでしまい、不遇感に苦しんだ青春時代から、「自分はなぜ生きてるんだろう」と悩んできた。

「病にも悩むことにも意味があるのだと説くフランクルに触れて、目から鱗《うろこ》が落ちた。人は誰しも不条理を抱えて生きる。意味を見つけ出してそれを受け入れられたとき、自分と和解できる。フランクルは、ものごとを因果論に還元することなく、人間の精神性を自覚することを重んじた。悩んだ時期にフランクルを読んでいたことが、後に自分のバックボーンになった」

苦悩に出あったときにどういう態度を取るかによって、人は苦悩を業績に転換することができる、とフランクルは説いた。その思想は、ナチスドイツの強制収容所を生き抜くなかで裏打ちされたものだ。フランクルは強制収容所で、家族を亡くしている。

「頭でっかちの人ではなかった」と姜。「それにフランクルの伝記をみると、茶目っ気があって、天使みたいな屈託のなさ。信じられなかった」

清水は大学卒業後、NHKに入り、取材者となった。あしなが育英会が二〇〇〇年にまとめた文集「自殺って言えない」を読んだことをきっかけに、親を自殺で亡くした若者たちに会うようになる（遺児たちの文集は、二〇〇二年に、『自殺って言えなかった。』とタイトルを過去形に変えて出版された）。

時間をかけて話を聞いて、番組をつくっていくうちに、清水は彼らが変わっていくのを目の当たりにした。

特集番組の収録後の居酒屋で、その一人が言った。

「父親を自殺で亡くしたからこそ生きられる人生もあるんだと思うようになりました」

到底受け入れられなかった父親の死。それでも、人の痛みを知り、支え、支えられて、真剣に生きていく……。

清水は圧倒された。

「人間ってすごい。やっぱり、捨てたもんじゃない」

フランクルは、ウィーンで生まれたユダヤ人精神科医。強制収容所の体験をつづった著書『夜と霧』で知られる。この本は日本では一九五六年、アルゼンチンに次いで世界で二番目に早く翻訳された。そして半世紀を超えて読み継がれて、累計百万部を超すロングセラーになった。

目に見えない地下水脈のように、フランクルの言葉は戦後日本に広がり、誰かを支えてきた。

経済成長を享受してきたはずの戦後日本で、フランクルはなぜ、どのように、読み継がれてきたのだろうか。そもそもフランクルは、どんな人だったのだろう。

一冊の本を手がかりに、私はフランクルの水脈をたどる旅に出た。

第一章　『夜と霧』を抱きしめて

1954年、ウィーンのワイン酒場で語るヴィクトール・フランクル（右端）、霜山徳爾（二人目）、エリー・フランクル（左端）と知人。映画「第三の男」のテーマ曲をチターで弾いたアントン・カラスの店で〔霜山操子氏提供〕

1　祈りみたいな本だった

『夜と霧』という本の話から始めたい。

二〇〇九年十月、東京の聖イグナチオ教会で、ある臨床心理学者の告別式が開かれて、教え子たちが、長い列をつくった。

「先生は、臨床心理の学生に厳しかった。臨床家をしていれば、いつかどこかで、人のいのちに直面する、その人の人生の岐路にかかわる、それを知っていたからではないでしょうか」

教え子のひとりが、そう弔辞を述べた。

亡くなったのは、霜山徳爾《しもやまとくじ》、九十歳。教会のすぐ隣にある上智大学で、長いあいだ教えてきた。ヴィクトール・フランクルの『夜と霧』を日本で最初に翻訳した人だ。

「仲間の多くは戦死した。葬儀はくれぐれも簡素に。それが父の遺言です」。次男の純夫《すみお》があいさつした。

私は、生前の霜山徳爾に会うことはかなわなかったけれど、学生時代から名前はずっと知っていた。

この人が最初に翻訳したのでなければ、フランクルの『夜と霧』は、おそらく違ったものになっただろう。

後に霜山の家族を訪ねたとき、遺影のかたわらに、大輪の薔薇《ばら》が飾ってあった。霜山が庭で育ててきた薔薇だという。若いころはよくしゃべるし陽気だったけれども、患者の重たい話を聴くうちに次第に寡黙になって、庭の植物を育てるのが好きになったのだと、家族から聞いた。

それから、私のなかの霜山のイメージは、寡黙に薔薇を育てる人、となった。

霜山が生まれたのは、一九一九（大正八）年。青春が戦争と重なる世代だ。

戦局の悪化により、東京帝国大学心理学科を一九四二年九月に繰り上げ卒業。台湾で訓練を受けた後、東京・目黒にある海軍の実験心理研究部に所属したという。

何を見て、何をしていたのだろう。

〈炎の夜明けて　嬰児《えいじ》のなきがら　山とつみてあり　掌の内のみ桃色　憤怒とどまらず〉
〈魚雷命中し　鉄やける音と共に　縄梯子《なわばしご》すべてとび　船は巨大な　棺となりて沈む〉

そんな詩歌が、「戦中戦後の語りたくなき想い出より」という断り書きがついて、著作集に収められている。

戦争末期に出張した鹿児島の鹿屋《かのや》では、特攻隊の出撃を見送った。

〈隊員は余よりも二、三歳若き、主として学徒出陣の士官ばかりなりき。〔略〕余、滂沱《ぼうだ》たる涙を禁ずる能《あた》わず〉（『時のしるし　霜山徳爾著作集7』）

「霜山先生は、帰りも『さようなら』と言わずに『ごきげんよう』とおっしゃった。特攻隊員がそうあいさつして飛び立っていったって」

一九七〇年代に、上智社会福祉専門学校で霜山に教わった坂上《さかうえ》和子は、そうふり返る。

坂上は、霜山が亡くなったとき、朝日新聞の「声」欄に、「霜山先生、『夜と霧』を遺《のこ》して下さってありがとうございます」と投稿した。

保育士になるために、十九歳から二十一歳までの三年間、働きながら上智社会福祉専門学校で勉強していた。上智大学のキャンパスで夜開かれるその学校は、学費が安かったので、千円ずつ貯金をおろして使うような窮乏生活をしていた坂上も、通うことができたのだという。

霜山は、そのころ五十代の半ばだったろうか。坂上は先輩から「霜山先生の授業は面白い」と聞いていた。

「先生はたくさんの大学で教えていて、『夜までは難しいのだけど、苦学をしているあなた方に会いたかったから』っておっしゃって。おんぼろな、壊れたかばんから、きちんと準備した教材を取り出して。私たちは、笑って、泣いて、聞きほれて」

坂上は、母親が自殺して父親が蒸発し、小学五年からカトリックの修道院が運営する児童養護施設で育った。自殺したら地獄にいく、と教えられ、子ども心に痛かった。

ところが霜山は、「人間は、宗教で自殺を禁じなければならないほど死に魅せられる、弱い存在である」と言った。

「しみ入るような言葉を、先生はたくさん持っていた」

「極限状況における人間」という霜山の授業があった。ナチスドイツの強制収容所で、人間はいかに人間であったか。

『夜と霧』に、こうある。

〈強制収容所を経験した人は誰でも、バラックの中をこちらでは優しい言葉、あちらでは最後のパンの一片を与えて通って行く人間の姿を知っているのである〉

（『夜と霧　ドイツ強制収容所の体験記録』霜山徳爾訳）

たとえそれが少数の人であったにせよ、与えられた事態にどんな態度をとるかという人間の最後の自由を奪うことはできないという証明になった、とフランクルは書いている。そのような状況下であってもなお、典型的な囚人になるか、人間としての尊厳を守り人間として留まろうとするのか、決断することができるのだ、と。

霜山は「みなさん、想像できないかもしれないけれど、まあ考えてみてください」と言いながら、夜の教室で、強制収容所の状況を話したという。

夜明け前から働かされて、ふらふらになってバラックに帰ってきて、蚕棚のような寝床で何十人もが眠る。トイレに起きたらもう戻る隙間がなくなってしまうような寝床で、それでも互いの体温が感じられて、かろうじて暖がとれる。そんななかで、人間はいかに人間であったのか。パンをひとに譲る人がいて、夕日を見て美しいと思うのです……。

「それは確かに本を読めば書いてあるけれど、同世代を戦争で亡くした先生の口から語られるとリアルで。圧倒されました」

坂上は、大学近くの印刷屋でぎりぎりまで働いて、授業にかけこんでいた。帰りは、寒くてひもじかった。

「でも、霜山先生の授業をきいた夜は、暖かかった。私は、誰かに命令されて凍った土につるはしふるっているわけじゃない。学ぶ自由がある。餓死する恐怖はない。なんて幸せなんだろう！　そう思えた」

それからも『夜と霧』は私の人生についてきた、と坂上は言う。

坂上は保育士を経て、病気の子どもと遊ぶボランティアになる。仲良くなった子が亡くなって、霜山に手紙を書いた。「こういうとき、先生の授業を思い出します。いったいどういう風に、この仕事に向かっていけばよいのでしょう」。すると、はがきで短い返事が来た。

「答はその人にしかありません」

離婚したときも、NPO法人「病気の子ども支援ネット　遊びのボランティア」を立ち上げて「すってんてんになった」ときも、坂上は本棚から『夜と霧』を引っぱり出して読んで、抱きしめて寝た。

フランクルはアウシュヴィッツでガス室に送られそうになるが、ふと反対側の列に並んで、切り抜ける。最後はドイツ南部の収容所で、取り残された。しかし残ったフランクルはアメリカ軍によって解放され、先に移送された集団は殺されたらしいと知る。

あすの運命はわからないのだ。

「私はまだ生きている、大丈夫。そう思えた。『夜と霧』は祈りみたいな本でした」

2　この世の地獄で

『夜と霧』の原著は、第二次世界大戦が終わった翌年、一九四六年に、オーストリアのウィーンで出版された。

ドイツ語で『Ein Psycholog erlebt das Konzentrationslager（一心理学者が強制収容所を体験する）』というそっけないタイトルがついた、ごく薄い本だった。

ウィーンのヴィクトール・フランクル研究所によると、二〇一二年現在、フランクルの一連の著書は、ベトナム語訳（二〇一一年）やルーマニア語訳（二〇一二年）まで、およそ四十の言語で出版されている。代表作の『一心理学者の強制収容所体験』は、世界で一千万部以上出ているとみられる。長い時間をかけて、読み継がれて広がった、大ベストセラーなのだ。けれども、最初から爆発的に売れたわけではなかった。

その『一心理学者の強制収容所体験』の翻訳を最初に出したのは、アルゼンチン（スペイン語版）で、一九五五年。二番目が日本だった。『夜と霧』として出版されたのは、一九五六年のこと。

それから一九五九年にアメリカで英語版が出て、世界に広がっていった。

アルゼンチンやアメリカは、ヨーロッパから移り住んだユダヤ人が多く暮らす国だ。

では、日本は？

『夜と霧』は、ユダヤ人精神科医のヴィクトール・フランクルが、ナチスドイツの強制収容所での体験をつづったものだ。

フランクルは、一九〇五年にウィーンで生まれた。「なぜ人は生きるのか」に早くから関心を持ち、ウィーン大学で学んで医師となる。病院勤務を経て、開業したところで、一九三八年にナチスドイツがオーストリアを併合。ユダヤ人医師はユダヤ人の診療しか許されなくなる。ユダヤ人病院で知り合った看護師ティリー・グローサーと、一九四一年暮れに結婚するが、九カ月後の一九四二年九月に、両親、妻もろともウィーンを追われて、現在のチェコにあるテレージエンシュタット収容所に送られた。

ここで、高齢の父が死亡。フランクルと妻はポーランドにある絶滅収容所アウシュヴィッツ＝ビルケナウに移送された。妻と分けられ、ガス室に送られるかどうかの生死の選別をくぐりぬけて、フランクル自身はさらにドイツ南部の収容所に貨車で送られて、戦闘機工場建設のために強制労働させられた。

一九四五年四月にアメリカ軍により、ドイツ南部の収容所から解放されて、夏にウィーンに帰り着く。しかし、再会を夢見て帰ったウィーンで、母はアウシュヴィッツのガス室に送られてすぐ命を奪われ、妻は、アンネ・フランクのいたベルゲン＝ベルゼン収容所に移されて、解放後に死亡していたことを知る。

ようやく手にした自由と、深い失意のなかで、フランクルは『一心理学者の強制収容所体験』を九日間で口述筆記させたという。

『一心理学者の強制収容所体験』は、一九四六年にウィーンのユーゲント・ウント・フォルク社から刊行された。はじめに三千部を出して、フランクルのほかの本の売れ行きをにらんで二刷も出したのだが、売れなくて、絶版になった。

それを、一九五三年から西ドイツに留学した霜山が、偶然、本屋で見つけたのだ。〈ボン大学に留学していたときに出合った『夜と霧』の原書は、戦場を見た私の「大いなる慰め」でした〉と、霜山は晩年のインタビューに答えている（『いきいき』二〇〇三年八月号）。

深い感銘を受けた霜山は、ウィーンにフランクルを訪ねた。

第二次大戦後のウィーンを舞台にした映画「第三の男」（一九四九年）でチターを弾いて有名になったアントン・カラスの店で、飲んで語り合った。店でテーブルを囲む、フランクルと霜山の楽しげな写真が、東京の霜山の家に残っている。

そのときのことを、霜山は『夜と霧』の訳者あとがきに書いている。

〈彼は心から親切にこの東洋の一心理学者をもてなしてくれ、数日のウィーン滞在中あらゆる便宜を私のために計ってくれた。快活、率直な彼の魅力的な人となりにひかれ、私は彼と十年の知己の如く親密になった。しかし最も印象的だったのは、ウィーンの郊外の森の有名な旗亭アントン・カラスでワインの盃を傾けながら、彼からアウシュヴィッツの話をきいた時であった。謙遜で飾らない話の中で私を感動させたのはアウシュヴィッツの事実の話ではなくて……それは別なルポルタージュで私はよく知っていた……彼がこの地上の地獄ですら失わなかった良心であった〉

霜山は、単に『夜と霧』の最初の翻訳者というより、彼こそが、この本をみつけて日本に伝えた人なのだ。

実は、フランクル研究所のプライベート・アーカイブスに、霜山がフランクルに書き送った手紙が数通のこされていた。フランクルの一人娘の夫で、文献管理をしているフランツ・ヴェセリーの許可を得て、私は手紙を見せてもらった。最初の手紙は、霜山が留学から日本に帰った一九五五年の、九月一日付。折りたたむと封筒になる、一枚四十五円の航空便用箋に、ドイツ語と日本語で、したためられている。

〈親愛なるフランクル先生　長い間御無沙汰致しました。其の後皆様にはお変りのない事と存じます。御親切にお送り下さいました御仕事の抜刷、有難く御受取り致しました。先生の御見解に関する私の論文は既に出来上り、只今印刷中であります。私はそれが日本の学会によい反響を起すことを望んでおります。その他、私は先生の御著作の若干を日本語に翻訳したいと存じます。それに就て私は既にある出版社と話しました。先生の御著の翻訳権をいただけるでございましょうか。お答をいただけましたら幸甚に存じます。また新しい御著書が出ました節はどうぞ御知らせ下さいますことをお願いいたします〉

次が翌一九五六年三月十二日付。上智大学のレターヘッドのついた紙にドイツ語で書かれている。みすず書房という出版社から『一心理学者の強制収容所体験』と『医師による魂の癒し』の翻訳を出せそうだ、と伝えている。

続く四月十一日付の手紙で、みすず書房から『一心理学者の強制収容所体験』を先に出すべくユーゲント・ウント・フォルク社に手紙を書いたことを伝え、「この仕事ができることは、私にとって大いなる喜びです」と綴っている。

この人はフランクルの翻訳をどうしても出したかったのだ、ということが伝わってくる。丁寧で簡潔な手紙に、切々とした熱意がにじんでいる。

霜山は、みすず書房から出ていた「異常心理学講座」シリーズの執筆者の一人で、編集者と付き合いがあった。出版までのことを、晩年、こんな風に綴っている。

〈西独の政府留学生として、私はボン大学で碩学ハンス・グルーレに師事していた。戦争による長い学問上の鎖国状態であったから、当時の独仏の初期政府留学生たちは、乾いた砂が水を吸い込むように、新しい情報を求めて忙しかった。〔略〕そんな時に書店でフランクルの『一心理学者の強制収容所体験』という著を手に入れて心から感動した。〔略〕帰国してから、この本の訳稿のことを、みすずの小尾《おび》〔俊人《としと》〕さんに話したところ、この名編集長はこれに写真と解説を加えて『夜と霧』として出版した。それは空前のベスト・セラーになった〉

（「フランクルと私」『みすず』一九九七年一〇月号）

3　知ることは超えること

こうして『一心理学者の強制収容所体験』は、『夜と霧』という日本独自の書名に変わって、一九五六年の八月十五日付で、みすず書房から出版された。日本の敗戦から、十一年。日本軍の南京虐殺などにも触れながら、この本を世に問う姿勢をつづった「出版者の序」が、本の冒頭に収められた。その格調高き決意表明から、『夜と霧　ドイツ強制収容所の体験記録』は始まる。

〈一九三一年の日本の満州侵略に始まる現代史の潮流を省みるとき、人間であることを恥じずにはおられないような二つの出来事の印象が強烈である〉

〈我々がこの編集に当って痛切だったのは、かかる悲惨を知る必要があるのだろうか？　という問いである。しかし〔略〕自己反省を持つ人にあっては「知ることは超えることである」ということを信じたい〉

定価は、二百五十円。すぐに新宿の紀伊國屋書店などで売り上げ一位になり、みすず書房に残る記録によると、発売二カ月で十二刷までいった。大変な勢いである。

どんな風に、売り出されたのだろうか。

全国紙に載った広告をたどると、おおむねこんな具合だ。

〈ナチの強制収容所に一家ひとくるみ囚《とら》えられ、両親妻子ことごとくガスかまどで殺されつつ、己《おの》れ一人奇跡的生還をした凄絶きわみない体験記〉

〈映画「夜と霧」は輸入禁止となったが今や本書のみが「キリストも知らなかった地獄」を白日の下に示している〉（朝日新聞一九五六年九月十六日付朝刊）

フランクルに戦前は子どもはなかったし、家族の死の状況も今わかる事実とは少し違うのだが、ともあれ、当時はこのように伝えられていた。ワルシャワのユダヤ人ゲットーを破壊したときにドイツ側が撮った、よく知られた写真――女性や子どもが隠れ家から引き出されて、銃に追いたてられ、降参するように手を挙げて歩く写真を、くりぬいて、あしらってある。

　文字数の多いその広告は、「至高のヒューマニズム」にも触れているが、まずは、ナチスドイツの非道を知らせなければならない、という決意が感じられる。

『夜と霧』の中吊り広告が、みすず書房に残っていたが、こちらは、強制収容所らしき写真に、〈一千万人を虐殺した鬼気迫る大殺人工場の実態〉とうたっている。

　結構センセーショナルに売られていたのだ。

「いまはナチスのしたことは常識だろうけど、当時は、ようやく紀伊國屋書店などに戦争犯罪を伝える洋書が入ってきて、写真が見られるようになったころだったから」

　戦後まもなくみすず書房を創業した小尾俊人に尋ねると、そう話した。

『夜と霧』には、日本の読者の理解を助けるために、みすず書房が独自に加えたものがあった。

「出版者の序」と、本文と同じくらい長い「解説」、そして「写真と図版」。

　ナチスドイツの強制収容所と絶滅作戦についての「解説」は、ドイツの戦争犯罪を裁いたニュルンベルク裁判などでイギリス占領軍の法律顧問をしたエドワード・フレデリック・ラングレー・ラッセルの本『The Scourge of the Swastika（カギ十字の禍《わざわい》）』（一九五四年）からとったものだ。「解説」だけれど、怒りに満ちている。

そして強制収容所で行われた非人道的な行為の証となる「写真と図版」約四十枚を、巻末に収めた。たとえば強制収容所の死体焼却炉、裸で監視員の前を走らされる女たち、やせこけた死体の山、飾りものにされた人の頭部……。

この強烈な写真と解説にはさまれて、淡々としたたたずまいのフランクルの本文が、あった。

「霜山さんが本をみつけてきて、翻訳して出したい、というところから始まったわけだけれども、タイトルも、原題の『一心理学者の強制収容所体験』のままでは売れない。簡潔で内容を伝える言葉がいい。そのころナチスの作戦名をもとにした映画の『夜と霧』が話題になっていたこともあって、私がつけた」

そう私に語った小尾は、この取材の後、二〇一一年八月十五日、八十九歳で亡くなった。

もし……。もしも、このとき日本でも、そっけないタイトルのまま、解説や写真をつけずに本にしていたら、もしもセンセーショナルな売り方を控えていたら、ここまで爆発的に広がることはあっただろうか。後の世に生まれた私が、「必読書」のように思って手にとることも、なかったかもしれない。

アメリカでも、この本は、独自の編集とタイトルで出版されている。

名高い心理学者でハーバード大学教授だったゴードン・オルポートが序文を寄せて、フランクルが「ロゴセラピー」について解説した短い一編と合わせて、一冊になった。ロゴセラピーとは、フランクルが提唱した、生きる意味を軸にした精神療法のことだ。

英語版の書名は、最初の一九五九年版は『From Death-Camp to Existentialism（死のキャンプから実存主義へ）』と硬かったが、一九六二年の改訂版で『Man's Search For Meaning（人間の意味への探求）』に改められて、以来、これが定着している。

私が入手した二〇〇六年版では、序文を、ユダヤ教のラビであるハロルド・クシュナーが書いている。クシュナーは、幼い息子が余命十年と宣告されて十四歳で亡くなり、神と人とを問い返して書いた『なぜ私だけが苦しむのか　現代のヨブ記』で知られる。

印象的な書名と、インパクトを強めた中身。だからこそ日本でも、またたく間にべストセラーになったのだろう。

けれども、後世の私は粗忽者《そこつもの》ゆえ、『夜と霧』について、いくつかの思い込みをした――そのことに、ずいぶん後になって、気がついた。

まず、私は、フランクルを「犠牲者」として見ていた。その構図は、彼が本当に伝えたかったことを理解するのを妨げていたことに、後で気づいた。

もうひとつは、書名の由来となった映画の「夜と霧」にもかかわることだが、本も映画も、「アウシュヴィッツでのユダヤ人虐殺の話」なのだと思い込んでいた。どちらもアウシュヴィッツは確かに出てくる。しかし、すべてではない。

取材し、人に会い、たくさんの本を読み、フランクルに近づいていく過程は、自分がいかに知らないかを知る過程でもあった。一本棒のようなやせた認識が、少しずつふくらんで、私はときほぐされていった。

4　映画「夜と霧」の輸入禁止

映画の「夜と霧」は、本の『夜と霧』とはまったく別の話なのだが、タイトルにも関係するので、ここで触れておきたい。どちらも題名は、一九四一年十二月にヒトラーの指示で発令した「夜と霧」作戦に由来している。しかしこの作戦は、ユダヤ人を対象にしたものではない。

映画の「夜と霧」は、一九五五年にフランスの映画監督アラン・レネが撮った、約三十分の短編ドキュメンタリー作品だ。

第二次大戦の終結から十年たち、絶滅収容所アウシュヴィッツ＝ビルケナウにも、雑草が生い茂っている。廃墟のような収容所跡のカラー映像に、ナチスドイツが強制収容所で行っていた大量虐殺や人体実験を示す白黒映像をはさんで、こうした記憶を忘れてよいのかと静かに問いかけるものだ。淡々としたナレーションが全編を貫く。

〈年へた収容所の怪物が残骸の下に死に絶えたかのように、これらの廃墟をしみじみと眺める私たちがいる。収容所のペストから立ち直ったかのように、遠ざかるこの映像を前にして希望を取り戻した気になる私たちが。すべてはただ一時の、一国のことだと思いこもうとし、自分たちのまわりを眺めようとせず、消えやらぬ叫びが耳に入らない私たちが……〉

（「夜と霧」大島辰雄訳『全集・現代世界文学の発見5　抵抗から解放へ』）

そのころフランスは、すでに別の戦争（アルジェリア独立戦争）にかかわっていた。アラン・レネは、それまで「ヴァン・ゴッホ」や「ゲルニカ」など主に美術の短編映画を撮っていた。「夜と霧」も、記憶をコラージュしたような詩的なたたずまいの作品だが、映し出されるモノクロ映像は、どうにもおぞましい。日本では、この映画を「アウシュヴィッツでのユダヤ人虐殺の告発映画」だと思っている人が多いのではないだろうか。少なくとも、私はそう思い込んでいた。

私の手元にあるＤＶＤのパッケージには、こんな説明がある。

〈第二次大戦中、ユダヤ人を強制収容し、死へといたらしめた悲劇の場所アウシュヴィッツ。10年後の現在と過去が交錯する映像のなかに、静かに、そして苛烈に、非人道的な戦争への非難と真実を希求する声が響く。〔略〕アラン・レネの名を世界中に知らしめるとともに、アウシュヴィッツの真実を初めて暴いた戦後最大の衝撃作〉

アウシュヴィッツ以外ほとんど知られていない日本で、手短に伝えるには限界がある。

それに、映画のなかで、それぞれのシーンをいつどこで誰が撮ったものか説明はないので、過去の強制収容所の白黒映像もすべてアウシュヴィッツのものだと私は思っていた。けれども実際には、ブーヘンヴァルト、ベルゲン゠ベルゼンなど、複数の強制収容所の記録をつなぎ合わせたものだ。

たとえば、映画の最後に、裸の死体の山をブルドーザーで無理矢理動かして巨大な穴に埋める、ぞっとする光景が出てくる。これは、いまのドイツ北部にあるベルゲン゠ベルゼン収容所で、解放直後にイギリス軍が撮影したものだ。伝染病の蔓延を懸念して埋葬を急いだのだとされる。アウシュヴィッツのガス室で殺害した遺体を処理する場面ではない。

アウシュヴィッツの映像は、ナチスの非道のいきつく果てを示すものであり、いわば象徴として映画のなかに置かれているように見える。

強制収容所を解放した連合軍が撮影した映像は、いまではインターネットで見ることができる。アメリカ映画「ニュールンベルグ裁判」（一九六一年）にも、検察側が法廷で上映したものとして出てくるから、欧米の人には多少は知られていたのかもしれない。ただ、私はこうした映像や本の写真と突きあわせていって、ようやく「夜と霧」の白黒映像の撮影地が、少しずつわかるようになった。

映画「夜と霧」のプロデューサーだったアナトール・ドーマンについての本などによると、新しいカラー映像は、アウシュヴィッツとマイダネクの絶滅収容所跡で撮影している。

アラン・レネは、フランスの第二次世界大戦歴史委員会の依頼を受けて、この記録映画を撮ったという。ドイツによるフランス占領と、解放の歴史を編纂することが主な目的だった。

何より、題名が、それを表していた。

「夜と霧」、ドイツ語でNacht und Nebelは、日本語の「夜陰に乗じて」に似た慣用句である。人目につかないように、人が知らないうちに、といったニュアンスの言葉だ。「夜と霧」作戦が発令されたのは、一九四一年十二月七日。ドイツ現代史研究所のヘルマン・グラームルによると、「フランスやベルギー、オランダなどもっぱら西側の占領地で、ナチスドイツに対する抵抗運動をした人たちを、誰もわからないうちに、裁判にもかけずにドイツに拉致する作戦」である。

「行き先も生死も家族に知らせないことで、皆を怖がらせて、抵抗運動を抑えこもうともくろんだのです。しかし、必ずしも効果はありませんでした」

対独レジスタンス運動に参加して、この「夜と霧」作戦によってマウトハウゼン強制収容所に入れられたフランスの作家、ジャン・ケロールの詩をもとに、映画「夜と霧」はつくられている。

この映画を見直してみると、一九三三年にナチ党がドイツで政権を取って、強制収容所がつくられる歴史から始まり、ヨーロッパ各地から人々が移送される場面が描かれる。収容所に到着した人々が、頭を丸坊主に刈られて、分類される場面では、「ときには『夜と霧』と分類される」とナレーションが入り、囚人服の背中にペンキで大きく書かれた「NN」の文字が映る。

ナレーションで「ユダヤ」という言葉は一回しか出てこない。

映画「夜と霧」が、フランス、ドイツ、イギリス、アメリカ、オランダ、そしてイスラエルでどのように受けとめられてきたかを研究した本、ユトレヒト大学准教授のエーヴァウト・ファン・デル・クナープが編んだ『Uncovering The Holocaust : The International Reception of Night and Fog（ホロコーストの暴露「夜と霧」への国際的反応）』（二〇〇六年）によると、イスラエルでは、この映画はユダヤの視点に欠ける、という批判があるそうだ。また、フランスでは、抵抗運動の記憶が遠のくにつれて、「夜と霧」がナチスの移送・強制収容政策全体、ユダヤ人絶滅作戦をさえ示す言葉だという誤解が広がっているという。

しかし、ともかく、過去の事実を白日のもとにさらすこのモノクロ映像は、物議をかもすことになった。

フランスでの公開までにも、紆余曲折があった。クナープが編集した前掲書などによると、まず国の検閲で、フランスにあったユダヤ人収容所を監視するフランスの軍警察が映っている場面が問題になった。当時のヴィシー政権のナチスドイツへの協力ぶりを表す映像だからだ。私には意外なことだったが、フランスでは第二次大戦後も映画に対する国の検閲制度が残っていた。この指摘に対して制作者側は、最終的に、フランス軍警察だとわかる帽子を画像処理してすませたという。

そして、一九五六年四月に始まるカンヌ映画祭に出品すると、今度は西ドイツ大使館が反対して、大騒ぎになった。結局、工業商業担当大臣の決定で正式のカンヌ映画祭出品作からは外されて、別の場で上映されたようだが、表現の自由をめぐる騒動により「夜と霧」は世界に知られることになり、ある種、「告発」の役回りを期待されることになった。

日本でも、新外映配給株式会社というフランス映画を手がけていた会社が、すぐ輸入しようと動いたのだが、日本の税関で差し止められた。

〈「夜と霧」は東京税関が「残酷すぎる」と認定したため一般公開が危ぶまれていたが、十九日税関の諮問機関である輸入映画審議会で審議の結果、輸入、一般公開は不適当と答申した。／これで同映画の一般公開は不可能となったが、輸入会社の新外映では文化人、団体などから同映画を見たいという要望が強いので、非公開試写などの特殊な形で認めてもらうよう努力するといっている〉

（毎日新聞一九五六年六月二十一日付朝刊）

税関で「死体の出てくる場面は全部カットする」と言われ、「人間のおかした空前の罪悪を知ってもらいたい、映画館での上映がいけないなら他の方法も考える」とかけあい、異議を申し立てたが、要望は通らず、輸入はあきらめざるをえなかった――と後の『キネマ旬報』（一九六一年十一月下旬号）に書かれている。日本での初公開は、一九六一年。死体の山をブルドーザーで処理する場面など六カ所、計五十七秒がカットされて、劇場公開された。「ノーカット版」が公開されたのは、一九七二年だ。

ところで、この映画の輸入禁止は、当時の代表的な総合雑誌『中央公論』でも伝えられていた。一九五六年七月号に「記録映画『夜と霧』について」という論考が載っている。筆者はこの映画を見たうえで、「夜と霧」作戦や強制収容所について説き、そうした事実を伝える映画が税関の判断で公開されなくなるのは「まことに残念」と書いた。筆者の名は安達二郎。政治学者丸山眞男《まさお》のペンネームである。そして丸山は、みすず書房のブレインの一人だった。

5　告発しないこと

〈「知ることは超えることである」ということを信じたい〉と「出版者の序」で呼びかけた本『夜と霧』は、一九五六年八月十五日、映画「夜と霧」の輸入禁止からふた月ほど後に、出版された。

たちまちベストセラーになり、新聞や雑誌が次々と紹介した。

強制収容所の強烈な現実と、淡々と描かれた、フランクルの精神――。どのように受け止められたのだろうか。

歴史学者の家永三郎は〈私は著者の高い精神にいたく胸をうたれたのであるが、一面、人間は一体どのくらい残忍な獣行を敢《あえ》てするものであるか、というその方の極限をもみせつけられ、戦慄を禁ずることができなかった〉と、「図書新聞」に書いている。

夕刊紙「内外タイムス」は、残虐行為をクローズアップした。〈鬼気迫る『夜と霧』明るみに出た地獄収容所／毒ガス・火焙《ひあぶ》りで理由なき一千万人の虐殺〉〈人皮で手袋作る／死体汚す司令官夫人〉と見出しを打って、写真付きで大きく展開した。

一方、「ナチの残虐行為の暴露本」のような仕立ては余計だと、異議を唱えるものもあった。

〈出版者の選んだ題名といい、これらの長たらしい解説や写真といい、いかにもこの本をナチの残虐行為の暴露本のように仕立てているが、本文の内容は、それとは全く別のものである〉（「週刊図書館」『週刊朝日』一九五六年九月三十日号）

作家・遠藤周作や、吉行淳之介、中村光夫は、ナチスの蛮行への戦慄と、そのなかでなお失われなかった精神性への感銘を、つづっていた。なかでも遠藤は、深く、フランクルの精神を感じとっていたのではないだろうか。

遠藤は、ドイツ占領下のフランスを舞台に書いた小説「白い人」で芥川賞をもらったばかり。霜山より若く、終戦のころは慶應義塾の大学生。戦後、いち早くフランスに留学して、ナチスの蛮行を知っていた。「カトリック教育」という新聞に、心に残る書評を書いている。

〈私の住んでいたリヨンの街に時として「ナチ残虐展」なるものの開かれることがあつた。〔略〕その怖るべき写真展は私に嫌悪や悲しさ以上に肉体的な嘔吐感と苦痛さえ、与えたのである。今度、霜山教授の訳された「夜と霧」とを読み、私はふたたびあの嘔吐感と苦痛とを甦らし、同じ主題を取扱つた私の「白い人」もこの記録の前には一片の反古《ほご》でしかないことを感じたのである。〔略〕これら各地の収容所はまさに人間悪の極限状態であり、文字通りの地獄である〉

〈しかし――／しかしその地獄のなかで少数の人間が人間の尊厳と愛とをまもりつづけたのである。自分がたべねば倒れると知りながら、一片の残ったパンを病人に与えた人がその収容所にいたのである。〔略〕これらの事実は我々に感動の泪を起さずにはいられない。このような本こそ読まれるべきであり、それを訳された霜山教授に厚い礼を申し上げたい〉　（一九五六年九月一日付）

別の視点から、痛切な思いでこの本を読んだ人がいた。詩人の石原吉郎《よしろう》だ。

石原はシベリアに抑留され、霜山が西ドイツに留学した一九五三年に、帰国した。ソ連の指導者スターリンが死んで、ようやく恩赦になったのだ。

語学の才のあった石原は、戦争中、「満州」(中国東北部)の関東軍情報部などにいて、終戦後、ソ連に捕らえられ、シベリアで過酷な強制労働をさせられた。いつ帰れるともしれず、生き残れるかもわからない。飯盒《はんごう》のわずかな粥を監視しあい、同胞と命をおかしあうようにして生きた日々を描いた石原の文は、いまなお鮮烈だ。

帰国して詩を書くようになった石原は、最初の詩集『サンチョ・パンサの帰郷』(一九六三年)のあとがきに、こう記している。

《すなわち最もよき人びとは帰っては来なかった》。《夜と霧》の冒頭へフランクルがさし挿んだこの言葉を、かつて疼《うず》くような思いで読んだ。あるいは、こういうこともできるであろう。《最もよき私自身も帰ってはこなかった》と

『夜と霧』のなかに、強制労働で疲れ果てた人たちが、ただ日没をながめ、「世界ってどうしてこう綺麗《きれい》なんだろう」と問う場面がある。

その「どうして」に石原は心ふるわせた。自分たちの不条理な現実との、あまりの対比。

〈私が心を打たれたのは、およそ不条理なものへの、思いもかけぬ糾弾が、この言葉を背後からささえていると感じたからである。／この「どうして」に答えられるものはいない。というよりは、どのような答えも納得させることのできない問いである〉（「無感動の現場から」読売新聞一九七四年八月十一日付朝刊、初出）

石原は、フランクルの『夜と霧』と、大岡昇平の『野火』の二冊を、帰国後に読んで衝撃を受け、自分の強制収容所体験を問いなおしていくのに大きな影響を受けた本として挙げている。それは単に「同じような体験をした」という話ではない。フランクルが人間を深く見つめることができたのは「告発」から切れていたからだ、と石原は見た。そして苦悩のなかで自分も、告発を断念して、詩の言葉を獲得しようとした。

一九七七年十一月、石原は自宅浴室で急死した。六十二歳だった。

〈私は帰国後フランクルの『夜と霧』を読んで大きな衝撃を受けましたが、何よりも私の心を打ったのは、フランクル自身が被害者意識からはっきり切れていて、告発を断念することによって強制収容体験の悲惨さを明晰に語りえているということであります。／このことに思い到ったとき、私はながい混迷のなかから、かろうじて一歩を踏み出す思いをしたわけです〉

（「断念と詩」『心』一九七七年七月号）

それから二十年。

一九九七年にフランクルが死去したとき、『夜と霧』などを訳してきた霜山徳爾は、月刊誌『みすず』に一文を寄せた。強制収容所を扱った多数の本のなかで、なぜ『夜と霧』が残ったのか。その理由を改めて考えて、浮かんだのが、石原の言葉だった。

〈『夜と霧』がベスト・セラーになると、ひとしきり似たような強制収容所ものが多数、出版されたが、残ったのはやはり『夜と霧』であった。何故『夜と霧』がベスト・セラーになり、ロング・セラーになったか、ということは興味深い。最も心を打ったのは詩人の石原吉郎氏の言葉である。氏自身、終戦後、長期間シベリアで強制収容所生活を送った人であるが、彼は「『夜と霧』が人の心を打つのは、フランクルが『告発しない』ことによります」と述べているのである〉

（「フランクルと私」『みすず』一九九七年十月号）

告発しないこと？

この謎のような言葉が、私のなかで次第に発酵していった。

6　人間とは

『夜と霧』の本は、二十一世紀に入って、生まれ変わった。『夜と霧　新版』として、二〇〇二年にみすず書房が新訳を出したのだ。

強制収容所の「解説」や写真を外して、すっきりと、フランクルの本文だけになった。表紙には、彼の囚人番号119104と、ユダヤ人が服につけさせられた黄色い星の絵。新訳をしたのは、戦後生まれの池田香代子である。ドイツ文学の翻訳家で、『世界がもし100人の村だったら』の再話など、平和にかかわる活動でも知られている。

新訳の書き出しは、こんな具合だ。

〈「心理学者、強制収容所を体験する」。／これは事実の報告ではない。体験記だ。

ここに語られるのは、何百万人が何百万通りに味わった経験、生身《なまみ》の体験者の立場にたって「内側から見た」強制収容所である。だから、壮大な地獄絵図は描かれない。〔略〕そうではなく、わたしはおびただしい小さな苦しみを描写しようと思う。強制収容所の日常はごくふつうの被収容者の魂にどのように映ったかを問おうと思うのだ〉

池田にとっても、霜山が訳し伝えた『夜と霧』は大切な本だった。一九九九年に、朝日新聞の「心の書」というコラムで、池田は『夜と霧』について書いた。

〈絶望の中でなおも輝いた生の記録は、私たちを厳粛な謎の前に立ち止まらせるのだ〉

（朝日新聞一九九九年六月一日付夕刊）

これが、新訳へのきっかけの一つになった。

みすず書房の編集部長・守田省吾は、旧知の池田に、『夜と霧』を採りあげてくれたことへのお礼の電話を入れた。守田によると、そのとき話のなかで、池田はこう言ったという。「今回読み直して、霜山徳爾先生の訳はすばらしいと改めて思った。ただ、今の高校生には少し難しいかもしれない」。池田自身は、あまりおぼえていない。

自分も高校生のときに初めて『夜と霧』を読んだのだ、と池田は言う。一九四八年生まれの池田が都立西高に入ったのは、ちょうど東京オリンピックが開かれるころ。東洋初の五輪開催を前に、バラックが消えてビルが建ち、そこら中で工事の土煙があがっていた。前のローマ五輪のマラソンをはだしで走って優勝したエチオピアのアベベ・ビキラ選手が高校近くの甲州街道を走るのを、同級生は授業を抜け出して見に行った。

一方で、ベトナム戦争があった。

「背伸びして、まじめな子であろうとすると、ベトナム戦争を通じて、前の戦争のことが否応なく迫ってくる感じがしていました」

『夜と霧』を手にとったのも、「高校生たるもの、これを読まなきゃ、ろくな戦後日本人にはなれないぞ、みたいな強迫観念があったから」と池田は話す。

それで『夜と霧』を開いたものの、最初は強烈すぎて、写真が夢に出るほど怖くて、何も読み取れなかったという。

「それで大学入ってからもう一回読んだり、大人になってから何度か読んだりして、立ち戻るんですよね。それでいつのまにか、心のなかに定位置を占めるようになってきて」

後の世代の私も、同じような読書体験をした。最初は学生時代に手にとったものの、写真が強烈で怖くて、本文はおよそ記憶に残らなかった。

さて、電話でのやりとりから程なくして、池田は、みすず書房の守田から新訳を打診されて、驚いた。「訳者存命中に新訳なんて。学恩を受けてそんなことはできない、と逃げ回った」と池田は言う。

一方、守田は霜山に手紙を書いて、自宅を訪ねた。若い世代に読みつがれるために、出版者の責任として新訳を出したい、と話したのだという。

「しばしの沈黙の後で、『わかりました。そちらがその方が良いとご判断されるなら』という大人の返事をいただきました。けれども、霜山先生ご自身は、すっきりしなかったと思います」

まず、試しに池田が数ページ訳して、霜山に見てもらうことになった。「ものすごく緊張した」と池田。それを守田が霜山に届けた。

新訳の了承を得られた、と守田から電話で聞いたとき、池田は「霜山先生のすごさに、私、声をあげて泣いてしまった」と言う。

「だって、戦後、まだ海外渡航が制限されていたころに、霜山先生が西ドイツに留学して、そのなかで出会った原著。矢も盾もたまらなくなってフランクルに会いにいって……。それがベストセラーになり、ロングセラーになって、ある意味でご自身の人生をも決定づけた本だと思う。それなのに……」

私は、取材のために、霜山の妻操子《みさこ》からたくさんの資料を借りた。そのなかの一冊に、霜山が多数の書き込みをしているのを見つけた。それは、『夜と霧』の新訳作業中に出た上智大学の季刊誌『ソフィア』二〇〇二年春季号。霜山が書いたエッセイ「フランクル『夜と霧』に会うまで」が載っていた。

そこに書ききれなかったのであろう、戦争に関するあれこれの断片が、ページの余白を埋め尽くすように書きつけてあった。戦争短歌についての新聞記事まではりつけてあった。

そして独特のくせ字で、池田の名前らしきものと、〈知らず　飢　暴力〉の文字があった。

万感の思いがあったのだろう。

池田は戦争や暴力の問題に積極的に発言しているひとりだが、そうであったとしても、戦争を体験した世代が背後に退くことに、霜山は耐え難い思いがあったのではないだろうか。

新訳本に、霜山は〈新訳者の平和な時代に生きてきた優しい心は、流麗な文章になるであろう〉と、優しい言葉を寄せた。

〈時間は、そして歴史は遠慮なく流れていく。〔略〕戦中の烈《はげ》しい砲弾の爆裂音のトラウマを残しながら、時代は変って行った。／あの愚かしい太平洋戦争の絶望的な砲火硝煙《しょうえん》の戦場体験を持つ者は、今や七十歳代の終りから私のように八十歳前半までの老残の人間のみである……〉

みすず書房は、霜山訳も絶版にしないで出し続けることを決めた。

「これは霜山先生がみつけた本。他の翻訳とはわけが違う」と守田は言う。

それから、新旧ともなお売れ続けて、合わせて推定百万部を超えている。

実は、みすず書房にとって『夜と霧』のリニューアルは、宿題になっていた。

「アウシュヴィッツ告発本のようなつくりは、著者の伝えたいことと違う。自分の作品だけで読んで欲しい」というフランクル側の意向が、一九九〇年代に伝えられていたという。

フランクルは、『夜と霧』の原著『一心理学者の強制収容所体験』に手を加えた新版を、一九七七年に出していた。難解な戯曲と合わせて、一冊になり、書名は、『それでも人生にイエスと言う』に変わっていた。「それでも……」は、一九四六年の講演集（原書は絶版）につけていた名前だ。

「これが著者の言いたかった最終形なのだ、と思いました」と守田は話す。

その新訳作業中に、池田は意外な事実を発見した。フランクルの旧版には「ユダヤ」という言葉が一度もなかったのだ。

一九七七年版には二つ出てくる。

強制収容所で、身銭を切ってひそかに薬を買ってくれていた所長がいた。解放後、「ユダヤ人被収容者たち」はその所長をかばった。彼の髪の毛一本たりとも触れないようアメリカ軍に求めて、宣誓が得られたので、「ユダヤ人被収容者」は彼を引き渡した——。この解放後のエピソードが一段落書き加えられていた。ここに、わざわざ「ユダヤ」と二回書かれていたのだ。

池田の示唆を手がかりに、私は、東大駒場図書館にある原著の第二版（一九四七年）と新版を比べてみた。すると、ほかに、こんな段落が加筆されていた。

おおかたの被収容者の心を悩ませたのは、自分が収容所を生きしのげるだろうかという問いだったが、わたしの心をさいなんだのは逆の問い、つまり、自分の周りのこのすべての苦しみや死に意味はあるのか、という問いだった。抜け出せるかどうかは偶然の僥倖に左右されているに過ぎない――という段落。

はじめこの本を実名ではなく、被収容者番号（囚人番号）で公表するつもりだった、経験者たちの露悪趣味に抵抗感を覚えたからだ――という段落は、旧版では脚注にあったが、新版で本文に引きあげられていた。

そして、「収容所生活」の章のしめくくりに、以下の段落が加えられていた。

〈わたしたちは、おそらくこれまでどの時代の人間も知らなかった「人間」を知った。では、この人間とはなにものか。人間とは、人間とはなにかをつねに決定する存在だ。人間とは、ガス室を発明した存在だ。しかし同時に、ガス室に入っても毅然《きぜん》として祈りのことばを口にする存在でもあるのだ〉

（『夜と霧　新版』池田香代子訳）

一九七七年、すでに七十代になっていたフランクルが、自分の思想をさらに際立たせるために加えた改訂。

フランクルは、いったい、どのような人だったのだろうか。

第二章　フランクルの灯——読み継ぐ人たち

フランクルの書斎兼寝室の本棚に、日本語に訳されたたくさんの本も並んでいた〔河原理子撮影〕

1　人生はあなたに絶望しない

「フランクル」は私にとって長いあいだ、本に書いてある名前であり、「著者」という抽象的な存在だった。生身の人として、イメージが浮かぶようになったのは、フランクルと親しいつきあいのあった心療内科医・永田勝太郎に会ってからだ。

フランクルが一九九七年に亡くなった後、ウィーン市や遺族らが基金をつくり、生きる意味を大切にする心理療法などの担い手や研究者に、賞を出している。この、二〇〇六年フランクル大賞に永田は選ばれて、二〇〇八年三月にウィーンで開かれた授賞式でスピーチをした。そのニュースを同僚から聞いて、私は永田に会いに出かけた。

そのころ永田は、浜松医大附属病院の心療内科科長で、医学生の教育も手がけていた。そのあと、大学を離れて、東京で国際全人医療研究所理事長をしている。慢性疼痛や線維筋痛症など「痛み」の専門家で、それをその人の生き方と合わせて診ていく医師である。

永田によれば、いろいろな診療科をまわって症状が改善しなかった人が、頼って来ることが多いという。患者の「医療不信」ともつきあうことになる。

「感動すると、その人に手紙を書くくせ」が、子どものころからあったのだ、と永田は話す。

「中学一年のころだったか、メアリー・ノートンの『床下の小人たち』を読んで感動して、めちゃくちゃな英語で手紙を書いたら返事が来て。うれしかったなあ」

心療内科に進んだのも、フランクルに会ったのも、手紙がきっかけだった。

永田は一九四八年に生まれた、いわゆる全共闘世代である。高校時代から下宿して東京の進学校に通った。「暗い高校生でね」。戦争に加わった父の世代への反発がある一方で、ならば自分はいかに生きるべきなのか、悩んでいた。

慶應義塾大学の経済学部に進むが、しっくりこない。バリケードで校舎が封鎖され、積み上げられた机やイスの向こうに赤とんぼが飛ぶのを見ながら、人間そのものに迫れるのは文学か医学ではないかと考えた、という。

それで慶應をやめて福島県立医大に入り直して、講演に来た池見酉次郎《ゆうじろう》・九州大学教授の話を聴いて、「心療内科」の存在を知った。池見は、九大医学部が日本で最初に心療内科を設けたときの初代教授だ。感動した永田は池見に手紙を出した。

「『見学にいらっしゃい』という返事をもらったのだけれど、僕は貧乏学生で、福島から福岡まで、すぐには行かれなかった」

心療内科とは、どんな患者さんたちが来るところなのか？

「心療内科と、精神科と、神経内科と脳外科の区別が、つかない人が多いのだけれど。脳外科は頭を手術するところ。神経内科は側索硬化症などの神経の病気、精神科は、統合失調症、鬱《うつ》病、神経症などを診るところ。心療内科は、心療内科なんです。体の病気をもった人たちの心の問題も扱うところ。ふつう内科医は体の問題だけ扱うでしょ。それでうまくいかないことが、たくさんあるんです」

こうして医師として歩み出したものの、順風満帆とはいかなかったらしい。三十代のころ、永田がいた東京の大学病院で、ごたごたが起きて、永田は追われるように東北の町へ移った。

「いったい自分はなぜ医者をやっているのだろう、なぜ生きているんだろうか……と考えたときに、ふと、学生時代に読んだフランクルの『夜と霧』を思い出した」

学生時代に読んだときは、実は、難しくてよくわからなかったという。

フランクルについて勉強したいという思いが強くなり、かねてフランクルと親しかった医師・高島博の「日本人間学会」に入った。高島は、一九六〇年代からウィーンにフランクルを訪ね、日本でフランクルを紹介してきた先達である。東京・日本橋にある丸善診療所の所長をしていて、丸善のPR誌『學鐙』にもエッセイを書いていた。

伝説のような話を、私もいくつか聞いた。

「風邪をひいたという丸善の社員が来たら、じっと見て、ある人にはティッシュペーパー渡して『鼻かめよ』と言っておしまい。別の人には、休養を命じる診断書を書いた。そんな先生だった」。そう永田は話す。「中高年の慢性的な病気について、高島先生は『従病』という概念をとなえた」。病気を飼い慣らして生きる姿勢のことだという。

高島の著書『実存心身医学入門』にフランクルが、こんな言葉を寄せている。

〈高島博士は、世間的にいわれる「天才的医師」とは大いに異なっているといってても不穏当ではない。〔略〕彼はそれとはまったく反対で、病気をつくり出さない努力をするために、ふところが豊かにならない医師、つまり彼自身がいうところの「もうから内科」としての「天性の医師」と呼ぶにふさわしい人である〉

その高島を中心とする人間学会に入ったものの、永田は、もっともっとフランクルを知りたかった。ついにフランクルに手紙を書く。

「私はいま、医者をやめるか人間をやめるかの瀬戸際に立っています」

するとと返事が来た。

「ウィーンにいらっしゃい。国立歌劇場の隣にあるブリストルホテルに着いたら、電話しなさい」

永田は飛んで行った。

「ふっとんで行って、先生のお宅にうかがって。それから、深いつきあいが、始まった」

毎年のようにウィーンを訪ねた。

患者の回復が思うように進まないと話すと、「どんな人にも生きる意味はある。ただ気づいていないだけ。治療者の役割は、一緒にそれに気づくことだ」と言われたという。

「すごいオーラがあって。ささいなことでも笑える人。先生に会うと元気が出た。厳しい先生でもあったけれど、ユーモアがあって。先生が強制収容所を生き延びたのも、あのユーモアがあったからではないだろうか」

ささいなことでも笑える例として、永田はこんな話をした。

「あるときフランクル先生は、イタリアの講演から帰る列車のコンパートメントで、日本人の新婚さんと一緒になったんだって。『僕ら、モーツァルト詣《もう》でで、ザルツブルク（モーツァルトの生誕地）まで行きます』というのを聞いて、先生はポケットに、モーツァルトの肖像のついたチョコレートを持っていたのを思い出した。それで、ポケットから出して、『モーツァルトならここにいるよ』って。その話をして先生はゲラゲラ笑うんだけど、この話、面白い？」

一方で、フランクルの書斎には「棺桶を運ぶ、不気味な絵がかけてあった」という。どうしてこの絵を飾っているのかと聞くと、「忘れないためだって」。強制収容所で描かれたというその絵の由来を、私は後に、知ることになる。

一九九七年九月、ヴィクトール・フランクルが九十二歳で亡くなったとき、永田は海外出張から帰国した成田空港で訃報を知り、すぐにウィーンに飛んだという。

次の春の桜のころ、ヴィクトールと戦後ずっと連れ添って秘書役も務めてきた妻エレオノーレ・フランクル、愛称「エリーさん」を、日本に招いて慰労した。

そのあとで、危機が来た。永田は突然、歩けなくなったのだ。筋肉が萎縮して力が抜けていく病気で、やがて寝たきりになった。

「『もう一生、歩けないし、車イスも無理でしょう』と医者に見放された。温泉病院に入院して、決死隊のようにして家族に温泉に放り込んでもらって、毎日リハビリしたけれど、ちっとも良くならない」

鍼《はり》を打ってくれていたおばあちゃん先生が、廊下で声を殺して泣いていた。

永田はエリーに、「エリーさん、ごめんなさい、僕は先生の元へ行きます」と手紙を書いた。

すると、エリーから返事が来た。

「ヴィクトールがいつも言っていた言葉を贈ります。人間は誰しも心のなかにアウシュヴィッツを持っている。でも、あなたが人生に絶望しても、人生はあなたに期待することをやめない」

そんな内容だったという。

アウシュヴィッツ？　生死を分かつような苦悩のことだと永田は言う。

「その手紙を、何百回も読み返して、自分に問いかけたわけ。もしまだ僕を待っている何かがあるとしたら、いったい何だろうか……」

『夜と霧』に、強制収容所で「生きていても、もう何も期待できない」と自殺を考えた二人の男の話が出てくる。フランクルは、生きていれば未来にあなたを待っているなにかがある、と説いて、二人にその「なにか」に気づかせることに成功する。実際、一人は外国に彼の帰りを待つ子がいた。もう一人は研究者で、書きかけの本が彼を待ちわびていることを思い出したのだ。

この話はフランクルのほかの本にも出てくる。

〈一方の人には作品が、他方の人には人間が待っていたのである。こうして二人は同じように、かけがえのない唯一性をもっていることが確かめられ、それが苦悩にもかかわらず彼らの生命に無条件の意味を与えることができたのである〉

(『人間とは何か』)

二年のブランクを経て、永田は復帰した。

多くのものを失ったけれど、患者の気持ちは前よりわかるようになったという。

「『先生、私、死ぬんですか』と聞かれたとき、前は答えられなかった。でも、カルテをわざとばたんと閉じて、こう言うの。『いいか、これは医者として言うんじゃない。人間として言うんだよ。僕は三途《さんず》の川まで行って帰ってきた。だから今、生きていることが楽しくて仕方ない。あんただって、今、生きているじゃないか』」

永田と長いつきあいの患者が、永田のかかわる学会でこう言うのを、私は聞いたことがある。

「三途の川から帰ってきて、先生は優しくなった」

＊

ユダヤをめぐる議論になじみが薄く、いまや戦争の記憶もおぼろげになった日本で、フランクルの本は読み継がれている。とりわけ、生きることとの困難に直面した人や、その傍らにいる人たちの間で。

その人たちの存在を、私はある時期から意識するようになった。

エッセイストの岸本葉子は、著書『四十でがんになってから』などで、自分が虫垂がんと告げられてから数年間のことを綴っている。再発への不安にどう対処するか、生存率の確率に委ねるしかないのなら人間の尊厳とは何なのか。限られた生の間にも意味の実現ができるのか……。手がかりを求めて、書店でみつけたフランクルの『意味への意志』と、『それでも人生にイエスと言う』を読んだという。

フランクルが説いた三つの価値を、岸本は、やさしく説明する。

意味とは、あらかじめ与えられるものではなくて、そのつど発見されるべきもの、状況に直面した者がみずから見出さねばならないもの。それは三つのしかたで見出されるとフランクルはいう。労働や、何かをつくり出すことにより、実現される「創造価値」。自然や芸術を鑑賞する、あるいは誰かを愛することによって実現される「体験価値」。そして、それさえもあきらめなければならなくなっても実現しうる「態度価値」が、人間には残されている。仕事は、いずれできなくなるかもしれない。音楽を聴いたり本を読んだりすることも、できなくなるかもしれない。それでもなお、変えられない運命に対して、どのような態度をとるか、その事実をいかに引き受けるのかという心構えと態度によって、人はなお意味を見出すことができるのだ――。

〈がん患者となって一年、私を強迫的に駆りたてていたものが、そのとき消えた／〔略〕今後、いかなる局面を迎えようと、状況が自分にさし出す問いに、そのつど全力で、答えていけばいいのだ。それしかない〉

（『四十でがんになってから』岸本葉子）

子どものころ目が見えなくなり、十代で耳が聞こえなくなった東大教授・福島智も、フランクルを引き合いに出して語ることがある。

また、ある殺人事件の被告人となった女性は、差し入れられたフランクルの『それでも人生にイエスと言う』を心の支えにして、公判で証言がつらくなったときに読み返したという。証拠の乏しい事件について自ら話したとされる彼女は、一審で死刑判決を受け、のちに最高裁で無期懲役刑が確定した。

ほかにも、大切な本としてフランクルの著書をあげる人は、たくさんいた。世代や、どの本を最初に読んだのかによっても、印象は違うかもしれない。

なぜ、誰が、どのように、フランクルに触れてきたのか。この章では、戦後日本に流れるフランクルの水脈をたどってみたい。

2　心を開いてもいい

「一番私の助けを必要としたときに、妹たちを助けてあげられなかった。私は自分を、責めて責めて責めて。もう生きていけないと思いました」

夜の教室に、入江杏《あん》の静かな声がしみていった。

上智大学コミュニティカレッジの二〇一〇年度秋期講座「死ぬ意味と生きる意味」のなかで、入江は講師として「突然の別れと悲しみからの再生」について話をした。

二〇〇〇年の暮れに起きた「世田谷一家殺害事件」で、入江は、隣に住んでいた妹の宮澤泰子、その夫みきお、小学二年生だった長女にいな、保育園児の長男礼の四人を失った。深夜の凶行で、誰が犯人か、十年すぎてもわからない。

前日、妹一家はみなで大掃除をしていて、何の変哲もない正月を一緒に迎えるはずだった。

自分はなぜ、生き残ったのだろう……。

悲嘆からの快復のきっかけは一枚の絵だった、と入江は話した。姪が小学校で最後に描いた「スーホの白い馬」の絵。

『スーホの白い馬』はモンゴル民話で、赤羽《あかば》末吉《すえきち》の絵による福音館の絵本で、よく知られている。小学二年生の「こくご」の教科書（光村図書出版）にも出てくる。まずしい羊飼いの少年スーホが育てた白い馬は、足が速くて、殿様の競馬大会で優勝するが、スーホから引き離されて、非業の死を遂げる。悲しくて悔しくて眠れなかったスーホがまどろんだとき、白い馬が夢枕にたってやさしく話しかける。

〈そんなに、かなしまないでください。それより、わたしのほねや、かわや、すじや　けを使って、がっきを作ってください。そうすれば、わたしはいつまでも、あなたのそばにいられます。あなたを、なぐさめてあげられます〉

そしてスーホがつくった楽器「馬頭琴《ばとうきん》」は、美しい響きで人々を癒すのだ。

姪のにいながのこしたスーホの絵には、羊飼いの少女も描かれていた。その姿は、バンダナを頭に巻いて大掃除をしていた姪の姿にそっくりだった。なぜ、この絵を、姪はのこしたのだろう。考えるうちに入江は、自分もスーホのように四人の声を聞きとって社会に伝えていけたら、と思うようになったという。

一年たつころから、入江は、残忍な事件の犠牲者としての四人ではなく、日常を大切に輝いて生きていた四人の姿を、少しずつ語るようになった。六年目には、大勢の前で、四人への思いと悲嘆からの再生について講演した。犯罪のない社会をつくるために、健やかな心を育てたいと、小学校で読み聞かせの活動もしている。

上智大学コミュニティカレッジでの授業のおわりに、「生きる意味とは……」と、入江はフランクルの『夜と霧』の一節を朗読した。

〈人生から何をわれわれはまだ期待できるかが問題なのではなくて、むしろ人生が何をわれわれから期待しているかが問題なのである。〔略〕われわれが人生の意味を問うのではなくて、われわれ自身が問われた者として体験されるのである。人生はわれわれに毎日毎時問いを提出し、われわれはその問いに、詮索や口先ではなくて、正しい行為によって応答しなければならないのである〉

（『夜と霧』霜山徳爾訳）

「折に触れて——事件後ずっと支えてくれた夫が急死した後もまた、この『夜と霧』

を読みました。『苦悩の冠』という格好いい名前の章に、書かれているのですけれど。私は、たとえ苦しみからの贈りものというものがあったとしても、たとえ私が事件後少しはましな人間に成長したとしても、やっぱり、亡くなった四人と、先に逝った夫には、生きていてほしかった」

ゆれる思いをそっと吐き出すように、入江はそう言った。

「それでも、生きる意味が私たちに迫ってくるものは受け止めていかなくちゃ、と思っています」

悲しみや苦しみに向き合うのは、簡単なことではなかった。

事件半年後の夏、NHKディレクターの紹介で、入江は母と一緒に、ノンフィクション作家の柳田邦男に会った。

「僕自身、息子が自死した経験もあるし、多くの被害者遺族に会っている。聞き役にはなれるかと思って」

柳田には、入江が葛藤のなかで、あえいでいるように映った。

「僕も息子を亡くしてから、呆然として、何をしていいかわからない時期が何カ月かあって。僕は物書きだったから、手が動いた。衝動を抑えられずに。文章を書いて表現することで、突破口がひらいた。何が突破口になるかわからないけれど、本を開く、人に会う、手紙を書く、心が動いたら何か行動していれば、熟した柿が自然に落ちるようにいつか時がくる」

柳田は、そんな話をしたという。

一方の入江は、柳田が涙しながら息子のことを語るさまに衝撃を受けたという。

「ああ、心を開いてもいいんだ、と」

柳田に言われたように、まずは絵本を開き、好きだった宮澤賢治を読んだ。若いころ心に残った本を、こわごわと手にとった。『夜と霧』もそのひとつだった。

それから五年たって、一冊の絵本が生まれた。

『ずっとつながってるよ　こぐまのミシュカのおはなし』

姪と甥がかわいがっていたこぐまのぬいぐるみ、ミシュカを主人公に、入江が文も絵もかいた。はじめは、世界にただ一冊の手作り絵本で、後に、妹の泰子と縁があったくもん出版から市販された。

春、夏、秋、冬、ミシュカは、大好きなにいなちゃん、れいちゃんと遊ぶ。ところがある日、信じられないことが起きて、二度と会えなくなる。どんなに願っても、かなわない願いがあることを、知る。そして再び冬が来たとき、「ミシュカ、ミシュカ」と呼ぶ声がきこえる……。

〈どんなに遠く　はなれていても、ずっと　つながってるから。ありがとう、わすれないよ〉。そんな言葉で結ばれている。

二年生だった姪の同級生が小学校を卒業する学年になり、その子たちにわかるように、悲しみからの再生を伝えたいと、描いた絵本だった。

入江杏という名前は、この本を出すときにつけたペンネームだ。入江の息子が、「にいな」「れい」二人の名前をローマ字にして、並べ替えて、命名した。

絵本は新しい縁をつないだ。

世田谷事件から半年後の二〇〇一年六月に起きた、大阪教育大学附属池田小学校事件。突然、校舎に入ってきた男に包丁で刺されて、八人の子が命を奪われた。この事件で、長女の優希《ゆき》（七歳）を亡くした本郷由美子に、知人が「こんな本が出た」とミシュカの絵本を届けた。

しかし本郷は、その絵本をすぐに開くことができなかった。

世田谷事件が起きたとき、優希は、同じくらいの年齢の子が犠牲になったことをテレビで知って涙を流した。優希と一緒に本郷は祈った。

「その思い出があったから、絵本をぎゅっと抱きしめて、遺影のそばに置きました」

次の日、優希の妹が絵本を見つけて、枕元に置いて読み始めた。

本郷は、はらはらしながら見守った。事件以来、わがままも言わずにきた妹の胸のうちはどのようなものなのか。

「そうしたら、『お母さん、私、ミシュカとおんなじ気持ちなんだよ』と打ち明けてくれて。それから魔法にかかったように、娘と絵本をめくりながら、優しい色と優しい言葉に合わせて、私たちの思い出を語ることができたのです。そして悲しい場面では、ミシュカの気持ちに合わせて、私たち親子の気持ちも語ることができたのです」

世田谷事件から十年後の二〇一〇年暮れに開かれた集い「ミシュカの森２０１０」にゲストとして参加した本郷は、壇上でそう語った。

「娘は絵本と向き合って、自分の気持ちを表現できるようになりました。入江さん自身が自分の気持ちと向き合って書いたからだと思います」

後で私は、優希の妹に絵本の感想をたずねた。どんな人が書いたのか知らなかったという。何だろうと思って読んでみたら、「ミシュカが生きていて、心があるみたいだった」。

春、夏、秋、冬、それぞれの季節に合わせて子どもたちと遊ぶ場面が好き。そして、悲しい思い出があっても、それでもずっとつながっていることがわかって、気持ちが落ち着いたという。

本郷は、事件後「なぜなぜ地獄だった」という。なんで、なんで……。最後まで生きようと六十八歩分逃げた娘の姿を知った。裁判を傍聴して、自分が壊れそうな事実に向き合った。そして、自分にできることを探した。

自分も一番しんどかった時は、病院に予約した日時に行くこともできなかった。包丁が怖くて料理ができなくなって、おかずや刻んだ野菜を届けてくれた友人たちに助けられた。

身近な支援、来てくれる支援の大切さを感じた本郷は、心の支援を必要とする人のもとに行って話を聴く「精神対話士」の資格を取った。さらに、上智大学のグリーフケア研究所に通って、学び続けた。グリーフケアとは「悲嘆」のケア。苦悩そのものを取り除くことはできないが、苦悩に向き合う人の気持ちに寄り添い、その人の力を信じて支えることはできる。

3　苦悩と死があってこそ

東京都品川区にある私立明晴学園は、耳の聞こえない子どもたちの学校だ。日本手話という独自の文脈を持った手話を、誇りを持って使っている。手話で教えて、手話で学ぶ。「手話という言葉を使う子どものための学校」である。二〇〇八年開校した。

二〇一一年の卒業式は、震災の影響で予定より遅れて、三月二十六日に開かれた。キラキラ星のように両手を動かす手話の拍手が体育館に広がるなかで、卒業卒園の子どもたちが入場してきた。幼稚部から中学部まで、全校約四十人。顔をみつめあってする手話のおしゃべりは、とても表情豊かだ。

校長の斉藤道雄が片言の手話でお祝いを述べた。と思うと、一眼レフカメラを手に床に座り込んで、うれしそうに子どもたちを撮っている。斉藤は二〇〇八年、六十一歳まで、TBSの記者だった。記録する人、なのである。

「僕はここでは手話のできない人。浦河《うらかわ》では、カルテのない人」

そう斉藤は言う。

浦河とは、北海道の浦河町にある「べてるの家」のことだ。襟裳岬《えりも》まで五十キロ。日高昆布を売ったり起業したり、「精神障害」を抱えた人たちが、弱さを絆にかかわりあいながら、自分を研究して暮らしている。斉藤は、『悩む力　べてるの家の人びと』など、べてるの家を伝える本の著者でもある。べてるの本は数あれど、斉藤が書くとなぜか、ナチスドイツの強制収容所にいた作家エリ・ヴィーゼルやフランクルが出てくる。


五十歳のとき、斉藤はべてるに出会った。引き寄せられるように、逃れるように。

その前年の一九九六年春、ＴＢＳは、オウム真理教の教団幹部に放送前のビデオを見せていた問題で、危機にあった。

「オウム真理教被害者の会」を結成した坂本堤弁護士が、妻子ともども自宅から消えて六年たって、殺害されていたことがわかったのだが、教団幹部がＴＢＳで放送前のビデオを見て坂本弁護士の厳しい教団批判を知ったことが事件のひとつのきっかけだったと、捜査でわかったのだ。それをほかの放送局がスクープした。

この「ビデオ問題」について、ＴＢＳは「調査したが、みせたことにつながる記憶や事実関係はどうしても出て来なかった」などと否定したのだが、九六年春の公判などで次々と覆されていった。

日曜夜の番組「報道特集」のキャスターだった斉藤は、生放送で、「ずさんな調査をしたこと、ウソをついたこと、こうしたことへの批判は深刻なものがあります」と発言。孤立していったという。

「出番は次第になくなり、同僚と飲みに行かなくなりました」

そんな空気のなかで斉藤は精神障害者の取材を始め、やがて浦河にたどり着く。こわごわと取材を始め、べてるの世界になじんでいった。

そこでは、統合失調症やパーソナリティ障害とされる人たちが、日々ミーティングを開き、とにかくよく話していた。自分は何に苦しんできたのかを仲間のなかで語り始め、問題を引き起こしながらも、苦労を掘り下げて生きていた。

「ただの人がただの人のままで、ものすごい深いものを持っていた」

がんばりなさい、しっかりしなさい、と言われて育った斉藤には、「奇跡のような」世界に見えた。

〈それからはじまったことは、取材というよりは私自身の精神の漂流だった〉と、斉藤は『悩む力』のあとがきで書いている。

〈やがて私はそこでジャーナリストとしての倫理だとか力量だとか、そんなものが意味をなさないほどに自分自身が問われていることに気づくのであった。精神障害を知り、理解しようとしてはじまった取材はいつしか当初のテーマからかけはなれ、人間とはなにか、生きるとはどういうことかを考える日々におきかわっていた〉

魅入られて、通い続けて、「僕は救われた」という。

「わかったつもりでいながら、上りゆく自分を捨てられずにいた。僕は落ちこぼれだけれどそれでいいのだと、べてるの人たちに教えてもらった。それが何年もかけて自分のなかにしみていって、深い安心になった」

＊

降りてゆく生き方。それはべてるの標語の一つだ。

社会福祉法人「浦河べてるの家」の理事でソーシャルワーカーの、向谷地《むかいやち》生良《いくよし》によると、もう一つ深い意味がある。

「人は生まれた瞬間の高みから、死に向かって毎日降りていく。人は死ぬのだというわきまえを持っていると、思いやりが生まれる」

向谷地は、札幌の北星《ほくせい》学園大学の学生だったころ、特別養護老人ホームに夜泊まり込むアルバイトをした。冬季オリンピックが開かれたばかりで、札幌の街は輝いていた。社会全体が上昇気流にのっているような風潮に、向谷地はなじめなかった。

老人ホームで、食事の介助をして、おむつを洗い、亡骸《なきがら》を霊安室に運んでいると、高度成長の気分から現実に引き戻された気がした。

変わった学生だったらしい。大学のカウンセリングの授業に、「そんな簡単に悩みをとられてたまるか！」と反発。

「体罰を受けてサバイバルな日々を過ごした」中学時代、向谷地は、自分の苦しみが、ベトナム戦争や飢餓など、不条理な暴力を受けている人の苦しみや痛みにつながっているという感覚を持つことで生きられた、という。

「だから、悩み事、というプライベートな包みでくるんでしまうのは嫌だったんです。どうせなら、苦悩していたい」

当時の向谷地が関心を持ったのが、実存主義的ソーシャルワークだった。

向谷地が思う「実存主義的ソーシャルワーク」とは？

「苦悩そのものと出会うことで、それを担うことができる――という哲学があるソーシャルワークのことだと思うんですけれど」

その手がかりとして、恩師の松井二郎が訳したパウル・ティリッヒの講演録「ソーシャル・ワークの哲学」を、読みこんだ。

ティリッヒは、ソーシャルワーカーは、傾聴するのでなく相手を支配したり、内発的に応答するのでなく機械的にふるまったり、患者を管理する対象として扱ったりする誘惑にさらされている、と指摘した。そうならないために大切なのは、患者とのあいだの愛の大きさであり、それは「不幸、醜さ、罪を高めるためにそこに降りていくような愛」なのだと説いた。

フランクルの『夜と霧』も、恩師の松井に「こんな本あるぞ」とさりげなく薦められた一冊だった。

〈そのときに私は、先生から紹介された、パウル・ティリッヒの『生きる勇気（存在への勇気）』（平凡社）や、フランクルの『夜と霧』（みすず書房）なんかを読んでみたりしました。そこに共通して説かれているのは、人生にはさまざまな困難があるけれども「にもかかわらず」生きようとする生き方なんですよね。この「にもかかわらず生きる」というキーワードに私は手がかりを求めていた〉
（『ゆるゆるスローなべてるの家』）

フランクルは、人間の本質は「苦悩する人（ホモ・パティエンス）」だと言った。創造的な活動の機会が奪われた強制収容所で、人は苦悩を引き受けることによって人であり得た。苦悩や死は人生を無意味にするのではなく、苦悩と死こそが人生を意味あるものにするのだ、と。

『苦悩する人間』には、こんな一節もある。

〈ところで、苦悩を恐れ、苦悩から逃げるばかりだったのが、この三世紀です。現実を美化しようと試みてきたのです。〔略〕人々は活動と理性の力で、苦しむことと死ぬこと、苦難と死をなくすことができるかのように、自分自身を、そしてお互いを言いくるめたのです〉

苦労を大切にするべてるの姿は、フランクルの思想に通じる――と斉藤は言う。

症状や人間関係で悩めば「いい苦労をしているね」と言われ、「それ研究しよう」と仲間が知恵を出し合う。べてるで「当事者研究」と呼ぶ、自分の苦労を研究する取り組みは、掘り進めていくと、生きる意味にぶちあたる。

山本賀代は、べてるの家の「当事者研究」で、二〇一〇年に「生き方と死に方の研究」を発表した。

これまで医者に診断された病名はいろいろあるが、本人によれば「自分のコントロール障害」である。小さい時から「暴れん坊」で生きづらさを抱え、恋に破れて浦河に来たのが一九九九年。CDなどをつくる「むじゅん社」の社長になった。

「生き方と死に方の研究」は、浦河に来てから十一年の集大成である。

「死にたい死にたい」と思っていたのに、「生きてから死のう」と思うようになった。

「人なんて信じない」「愛されるわけない」「どうせ自分が悪いんだ」、そんな看板を、仲間とぶつかりながら一つずつ書きかえてきた。

新しい看板は、「とりあえず信じる」「もっと人とかかわりたい」「自分は弱く生き辛い小さな生き物だが、それでOK」など。

「浦河に来たころは心を凍らせていたから、心から笑えなかったし泣けなかった。でも、痛みをわかってる仲間といると、安心していられた。いまは、情けない自分が大切。情けなさでつながった絆の方が、温かくて深い」

4　幸福を追いかけない

「どの子どもも愛されて育まれますように☆」

児童養護施設への贈り物について書かれた新聞記事と、こんな言葉をはりつけた看板が、古いマンションの入り口に立ててあった。

三階まで階段を上ると、「日向《ひなた》ぼっこ」のサロンがある。児童養護施設や里親家庭で育った若者たちが支え合う場所だ。初代理事長の渡井さゆりが大学三年で仲間と始めた勉強会が、居場所づくりに発展し、二〇〇八年にNPO法人になった。

正式な名称は、「社会的養護の当事者参加推進団体　日向ぼっこ」という。相談を受けたり、当事者の声を集めて行政や社会に伝えたりしている。一度移転して、東京都文京区にある。

サロンには台所もあって、だれかの家のような、大学のサークルの部室のような。夫でミュージシャンの渡井隆行も立ち寄って、ギターを鳴らしながら話していく。彼は会計担当なので、さゆりが領収書を次々と渡す。ひっきりなしに電話が鳴って、さゆりは話しながら洗濯物のタオルをたたむ。

アルバイトに行く会員も、ここでひとくさりしゃべってから、「行ってきまーす」。週二日はここで夕食会をする。何げない話をしながら、一緒に生きていけるように。

取材に私が訪れた日（二〇一一年）は、当番がつくった肉野菜炒めを九人が囲んだ。

「ご飯かたいぞ」

「これでチャーハンつくったら、おいしいよ」

「日向ぼっこも平均年齢が上がってきたよね」

「ほんとだ、サーティーズじゃん」

渡井さゆりは、小学生のときから児童養護施設などで暮らした。親から離されて「かわいそう」と言われるけれど、かわいそうではない、と言う。母親と転々としていたときより、施設に入ってからの方が、きちんとした生活を送れるようになったたからだ。朝起きて、朝ご飯を食べて、学校に行く……。

ただ、自分が大切な存在だという感覚は育まれなかった。「産みたくなかった」と母親に言われ、「義務感で生きてきた」とさゆりは語る。人を頼ることができなかった。高校を卒業して、施設を出たあと、ひとりぼっちでしんどかった。

モデルがない。帰る家もない。何のために生きればいいのかわからなかった。同じような生きづらさを抱えている人たちのために何かできたら……と、ぼんやり思った。

最初は、ピースボートに乗って世界を回った。次はワーキングホリデーの制度を使って外国で暮らそうかと、資金稼ぎにコンパニオンの仕事をしたとき、大学関係者の忘年会の席についた。「神様の思し召しかもしれない」と相談してみると、「君みたいな思いを持っている人は、大学で学ぶといい。夜間の福祉学科もあるから」。

その人が、入試担当らしき人を席に呼んでくれた。箸《はし》袋か何かに住所を書いて渡すと、大学から入試の資料が送られてきた。

学費が安かったので受けたら、合格。時間とお金を必死にやりくりして通った。

そこで志を同じくする仲間に会えたのだが、大学は、いらいらすることも多かったという。

福祉の対象になった自分たちが抱えてきたやりきれなさを、教員はわかっていないように思えた。

実習の前に、「児童養護施設などにいた人は、トラウマがあるので参加しないでください」と教員に言われて、「私のことだ」とショックを受けた。「自分では、トラウマがあるなんて思っていなかった。心配してくれるのなら、決めつけないで、個別に呼んで聞いてほしかった」。そうさゆりはふり返る。当時は施設の職員になりたかったので、自分の夢はもうかなわないのだと、絶望的になった。

弟妹のことを考えれば死ぬことはできない。死ねないならより良く生きたいけれど、生きる意味が見つからない。

苦しむなかで、「生きる意味を求める必要はない」という言葉を、さゆりはある本のなかに見つけた。『〈むなしさ〉の心理学』という新書で紹介されていた、フランクルの言葉だった。

〈その時、生きる意味を求める問いにコペルニクス的転回が生じる。／人間が人生の意味は何かと問う前に、人生のほうが人間に問いを発してきている。だから人間は、ほんとうは、生きる意味を求める必要なんかないのである。／人間は、

人生から問われている存在である。人間は、生きる意味を求めて問いを発するのでなく、人生からの問いに答えなくてはならない〉

（『〈むなしさ〉の心理学』諸富祥彦）

さゆりはシステム手帳に書き写して、つらいときに読み返した。

「そのころは、生きているのが嫌で、泣いてばかりいて。でも死んだら、弟と妹につらい思いをさせる。それで、手帳に書いた言葉を読んで自分を奮い立たせるわけですけれど、そんなに上等じゃあないんで……」

しんどい大学生活のかたわら、土曜日に、ダウン症の男の子をプールに連れて行くガイドヘルパーのアルバイトをした。小学生のその男の子とお母さんに待たれていることが、一週間の支えになった。

朝、家まで迎えに行って、一緒にバスにのってプールに行き、お昼を食べて帰ってくる。連絡事項を書いたノートを朝受け取り、プールでの様子を書いて返す。

ある朝、連絡帳を開くと、お母さんがいつもと違うことを書いていた。

フランクルの言葉を知って支えられた、と。

苦しいのは自分だけじゃない、それでも幸せになろうとしているんだ——さゆりはそう思うようになった。自分の人生は自分で切り開いていける。

＊

渡井さゆりが読んだ新書の著者、諸富祥彦《もろとみよしひこ》は、カウンセラーで明治大学の教授。『〈むなしさ〉の心理学』のなかの言葉は、フランクルが戦後最初に書いた本『Ärztliche Seelsorge（医師による魂の癒し）』の一節を、自分で訳したものだ。日本では、一九五七年に霜山徳爾訳で出た『死と愛』という書名で、知られてきた。

フランクルは、自分が生み出したロゴセラピーについて論文をまとめたいと願っていて、ドイツ南部の強制収容所でチフスにかかって高熱を出した夜、意識が薄れないように、仲間が手に入れてくれた紙切れの裏にその構想をメモした。

解放されて、ようやくウィーンに帰り、家族の死を知ってから、唯一意義を見いだせる仕事として没頭してまとめたのが、『医師による魂の癒し』である。強制収容所で書いたメモが、助けになった。専門的なこの本の、「強制収容所の心理学」の部分を、もっと詳しくわかりやすく語ったのが、二冊目の本で、日本語訳でいう『夜と霧』にあたる。

諸富は一九六三年に福岡県で生まれた。自称「田舎の優等生」。中学時代に太宰治の『人間失格』を読んで、人間のエゴイズムに気づく。成績優秀だとほめられても、「僕は、一番になりたいとか、いい学校に入りたいとか、エゴイズムで勉強しているにすぎないのに」。

受験勉強に嫌悪感を抱くようになって、中三からは「哲学神経症」になった。人間はなぜ堕落するのか。自分はどう生きればよいのか。なぜ生まれてきたのか。そんな問いにとりつかれた。

筑波大学で心理学を学んでいたころ、あと三日で答えが出なかったら死んでしまおうと思い詰めた。三日間、悩みに悩んでも、やっぱり答えはみつからない。「ああ、もう俺は終わった。どうにでもなれ」と大の字に寝転んだとき、「自分が生きているんじゃなく、いのちに生かされている」感覚に包まれた。

フランクルの本を読んだとき、そのときの実感が言葉になっていて、「ほっとした」という。

諸富は、フランクルの思想は、極限状況だけに活かされるものではなく、心にむなしさを抱えた一般の人のものだという。朝日新聞のコラムに、〈どう生きればいいのか、生きる意味がわからず苦悶していた二十歳の頃。私の魂を救ってくれた一つの言葉がある〉と書いている。さゆりが書き写したあの言葉を引用して、こう結んでいる。

〈人生の真の幸福は、幸福を追い求めることでは決して手に入らない。逆にそれを忘れて、「人生からの問い」に答えることに専心した時にはじめて自ずと訪れるものなのだ〉

（「心の書／『死と愛』諸富祥彦」朝日新聞二〇〇〇年七月三十一日付夕刊）

宗教哲学者・滝沢克己のフランクル論を読んで、諸富は理解を深めた。九州大学の教授だった滝沢は、神と人との結びつきを根源的に問い続けた神学者だ。

本当の生きる意味は根源的に与えられていて、その人が見つけるのを待っている、というフランクルの考えは自分の考えと近い——と滝沢は書いている。『夜と霧』を読んでフランクルを知り、九大教授だった一九六六年春、ウィーンにフランクルを訪ねている。

〈彼は非常に忙しい人で、彼の書物を読んで想像していたような、じっとして物を考える宗教的・形而上学的《けいじじょう》ニュアンスの強い人とは異った印象を受けた。

〔略〕非常にエネルギッシュで、純然たる臨床医、その方での技術家という感じであった〉
（「フランクルのロゴテラピーとキリスト教の福音」『現代の事としての宗教』所収）

5　良心に耳かたむける

大阪で「フランクル研究会」が始まって十年以上になる。『それでも人生にイエスと言う』など春秋社から出たフランクルの本の多くを翻訳した山田邦男が、大阪府立大学教授のころに大学院生と始めた。退職後は、学外の集まりとして続けている。

研究会は、およそ二カ月に一回。発表者の論文を事前に読んで、半日かけて議論する。労働、教育、看護など、さまざまな分野で働く人や研究者が、フランクルの思想を、日本の現状と照らし合わせながら研究してきた。

この会で二〇一〇年六月、中学と高校、二人の社会科教師が発表をした。フランクルの言っていることは、いまの子どもたちに大切なんじゃなかろうか。そう思っている二人だ。

二人に、山田が聞いた。

「教育の目的を一言でいうと？」

大阪市立城東中学校の安井利次はこう答えた。

「人間にすること」

和歌山県立向陽高校の梶川哲司の答えはこうだ。

「この世は生きるに値すると、伝えてあげること」

安井は、子どもが好きで教師になった。中学校でラグビー部を指導し、ジャージー姿で走り回る。

子鹿のように細い一年生から、がっしり筋肉がついた三年生まで、子どもたちが刻々と変わりゆくのにつきあう。

中学三年生の教室で、「人間にとって一番つらいことって何がある」と安井は聞いたことがある。死ぬことだろうか？　それとも、病気？

「孤独や」と子どもたちは答えた。

どうにもならない家庭の事情を打ち明けられるときがある。

「教師は無力ですよね。子どもたちと時間を共にするくらいしかできない」

いまはわからないかもしれないけれど、どんな時も、どんな人にも、生きる意味があって、ほかのだれでもないあなたを待っている人や務めがあるんだよ――フランクルから学んだ、そんな思想を子どもたちに伝えたい。大きな業績をあげなくても、「良心」に従った生き方をして幸せになってほしい、安井はそう願う。

良心とは、何だろう。一番売れているという『新明解国語辞典』（第七版）には「自分の本性の中にひそむ欺瞞や打算的な考えなどを退け、自分が人として本来あるべきだと信じるところに従って行動しようとする気持」とある。悪い心に負けない、とも読める。フランクルの説く良心は、これとは少し違う。日々刻々と、自分を超越したものから問われることにこたえる、そのときに「意味」を関知するアンテナのようなものだといっている。

たとえば、『それでも人生にイエスと言う』に、まだ若かった広告デザイナーの話が出てくる。悪性腫瘍《しゅよう》で職業生活を絶たれたが、以前には忙しくて読めなかった本を読み、音楽を聴き、ほかの患者とよく会話した。本が手にとれなくなって最期の日を迎えると、当直医のフランクルを呼びとめて、伝えた。――私は今夜でおしまいだと思います。死の苦痛を和らげるため、その数時間前に私にモルヒネを打つように、指示が出されたことを知ったのです。いまのうちに注射してくれれば、あなたも私のために夜中に起こされなくてすむでしょう。

フランクルはこの男性について、こう語っている。

〈この人は人生の最後の数時間でもまだ、まわりの人を「妨げ」ずにいたわろうと気を配っていたのです。〔略〕ここにすばらしい業績があります。職業上の業績ではないにしても、人間らしい無比の業績があります〉

良心は、知識として教えられるようなものではないと、安井は言う。

〈「良心」を教えることができるかと問われれば、答えはNOである。否、NOというより、教えてやるという高慢な気持ちで子供たちの前に立ちたくないということである〉

そう、研究会のレジュメに書いている。

＊

フランクルは、一九六九年、國學院大学日本文化研究所と読売新聞社・国際関係委員会の招きで来日して、教育の使命をテーマにした公開講演会で話している。フランクルは少なくとも三回、日本に来ている。最初は、東京に着いたあと愛知県へ行って名古屋大学名誉教授で精神科医の岸本鎌一《けんいち》らに会ったらしいが、はっきりしない。國學院大学が二度目の来日だった。最後は一九九三年、日本実存心身療法研究会などの招きで来日している。

「意味喪失の時代における教育の使命」と題した國學院大学での講演でフランクルは、教師は生徒に意味を与えたり教えたりすることはできない、ただ、生きた実例になることができるだけだ、と語った。普遍的な意味をみつけるのは「良心」であり、己の良心に耳を傾ける力を磨くことが教育の使命だ、と。

〈意味や価値は教わることはできません。どんな教授も先生も、学生に価値を教えることはできません。意味も又、与えることはできません。先生が学生に与え得る唯一のものは、先生自身の生きた実例です。〔略〕教師として別な例、つまり権威者としての例を示すこともできるかもしれません。例えば自分自身の価値構成や世界観を学生に押しつけることもできましょう。しかしその結果、おうむを飼う人のようなことになってしまっても、驚くにあたりません。飼い主はおうむに、「お父さん」と呼ばせたいと思いますが、おうむは云うことをきゝません。その罰に飼い主は、一晩おうむを鶏小屋に閉じ込めました。翌朝彼が鶏小屋を開けて見ると、鶏は全部死んでいました。そしておうむは、生き残りの最後の一羽を爪にかけ、「お父さんと呼べ、お父さんと呼べ」と叫びながらその鶏を打っていました。おうむは飼い主が言った通りにはしませんでしたが、彼がした通りにしたのです〉

（「意味喪失の時代における教育の使命」工藤澄子訳
『國學院大學日本文化研究所紀要』一九六九年九月）

この講演録を手がかりに、和歌山の梶川哲司は「高校の教育現場におけるフランクル思想の実践」という研究発表をまとめた。学校では、環境教育や進路指導、図書館活動にかかわってきた。

多くの知識を伝達しようと努めるあまり、教師は饒舌すぎるのではないか——梶川はそう感じたという。

〈生徒の話を腹立てずに辛抱強く聞くこと、そして〝この世は生きるに値する世界であると教師自身が全存在をもって知らしめる〟ことが、今、学校教育においても大切だと気づかされるのである〉

そうフランクル研究会のレジュメに書いた。

迷いがあった四十代の半ば、梶川は『それでも人生にイエスと言う』を本屋で見つけた。

「背文字が光って見えましてね」

若いころから自然保護に関心のあった梶川は、埋め立て反対運動にもかかわった。教師をしながら景観や漁獲量の変化を見続けた。ささやかな自分の務めを果たす、それでいいんだと思えた。

フランクルに会いに行きたい、この人のことをもっと知りたい。せめて翻訳した人に会いたいと山田邦男に連絡をとると、山田はウィーンでフランクルに会って帰国したばかりだった。一九九七年、フランクルが亡くなる半年前に、山田はウィーンを訪ねている。

梶川は山田に会いに行き、以来、折に触れて「手ほどき」を受け、研究会にも参加してきた。

生きていてよかった、と思えるのはどんな時ですか？

そう梶川に私がたずねると、「自分のしていることが何かの役に立ったとき、というのもあるけれど」と前置きして、こう答えた。

「さりげない風景がしみじみと美しいと感じられるときでしょうかね。たとえば、校舎からふと夕日を見て、この世は美しいんだと思うとき」

梶川は、勝田茅生《かやお》のロゴセラピーゼミナールにも通ったロゴセラピストだ。

勝田は、上智大学で哲学を専攻し、大学院修了後一九七〇年にミュンヘン大学に留学し、以来ドイツで暮らして、幼児の情操教育に携わってきた。ずっと順調だった家庭に、思いもかけず亀裂が走って自分の存在価値を失いかけたとき、フランクルの弟子エリーザベト・ルーカスが開く南ドイツ・ロゴセラピー研究所で学んで、生きる力を得たという。二〇〇一年から、年三回ほど日本に帰って、ロゴセラピー入門ゼミナールや、上級者のための講座を開いている。

ロゴセラピーとは、クライアントが、置かれている困難な状況のなかから、因果ではなく、自分の外に、いまこれからに目を向けて、意味をみつけるのを助けるセラピーだと、勝田は説明する。

ルーカスから学んだ勝田は、私にこう言った。

「ロゴセラピーは、技法ではなく、生き方なのです」

二〇一一年四月、金沢市で開かれたロゴセラピー入門ゼミナールは、ちょうど十回講座の一回目で、「フランクルの生涯」がテーマだった。

「ナチスが台頭して、心身に障害がある人が殺され始めた時、フランクルは彼らを守ろうとしてウソの診断書を書いたのです」と話すと、受講生が、「悪をなした人にも良心はあるのでしょうか」と質問した。

勝田の答えはこうだった。

「ヒトラーにも良心のアンテナは備わっていたと考えられます。良心の声を聞いて普遍的な意味に向けた決断をすることもできたのです。しかし、違う決断をした。そして彼は、その責任すら負わずに自害しました」

6　過去からの光

嬉しいなという度に／私の言葉は花になる……
花をつなげたかんむりを／あなたにそっとのせましょう／今は泣いてるあなた
でも／笑顔の花になるように

曇り空の仙台市の繁華街に、歌声が流れた。街頭で続けられてきた「大震災復興支援チャリティコンサート　いま、わたしたちにできること」で、オリジナル曲の「花の冠」（作詞・大越桂、作曲・松浦真沙）が初めて披露された。二〇一一年四月三十日のことだ。歌ったのは、仙台市立金剛沢小学校合唱隊の子どもたち。

「地震」も「津波」も「がんばろう」の言葉もない。ゆっくりでいい、生きていい、そう感じられる優しい曲だった。

その年の三月十一日、宮城県沖を震源とするマグニチュード9の巨大地震と、津波、原発事故が日本を襲った。

続く余震に、計画停電。東京でも、さまざまなコンサートが相次いで中止されたなか、仙台在住のテノール歌手・松尾英章、高次脳機能障害や知的障害のある人たちの就労支援をしている特定非営利活動法人「ほっぷの森」の理事長・白木《しろき》福次郎ら、日頃から、障害のあるなしにかかわらずアートを楽しめる街にしようと活動してきた仲間が、いち早く動いた。ホールが使えなくても、歌はうたえるし、歌声には人を勇気づける力があるはずだ。

「花の冠」は、このチャリティコンサートのためにつくられた合唱曲だ。

作詞したのは、仙台に住む詩人の大越《おおごえ》桂。

八百十九グラムの小さな赤ちゃんとして生まれた桂は、重度の脳性まひや弱視などの障害や病気と折り合いながら、生きてきた。深刻な肺炎になったことがあり、気管切開して、声を失った。

周りが思うよりも、聞こえて、わかっているのに、伝えられない。

「私は石だった」と桂はいう。海の底の石。

「石のときは、みんなに無視された。言えないし、苦しいし。魂とか自分がいる感覚がなかった。でも、生きることをゆるされて、生きる喜びが少しでもあれば、石のなかに自分が生まれる」

支援学校の先生のアドバイスで、十三歳から筆談を特訓した。自分の意志で少し動かせる左手で、はじめはペンを持って練習。やがて、母親の紀子らの手のひらに文字を書くようになった。紀子がその動きをいち早く言葉にして、私に伝えてくれる。

「紀子や周りのおかげで、人にしてもらった」

桂は、「人には絶対にみんな意味がある」と、フランクルと似たようなことをいう。

大震災で、桂のいるベッドも激しく揺れた。停電した数日間、紀子は車から電気を引いて桂の痰《たん》の吸引器などを動かしたが、桂を家に残して水や食料の行列に並ぶことはできなかった。

「改めて、生きていることの不思議を考えました」と桂。

チャリティコンサートに向けて、作曲家の松浦真沙から「みんなでずっと歌える詞を」と求められて、いつも感じてきたことを書いた。小さな楽しみをみつけて、それぞれができることをして、一緒に生きていけたらいい。

復興支援に走り回った白木、桂の詩を朗読で伝えてきたアナウンサーの渡辺祥子は、前述した勝田茅生のロゴセラピーゼミナールで学んできた。勝田は、フランクルの弟子エリーザベト・ルーカスから、「私がフランクルから受け取ったたいまつを、あなたに託します」と言われたという。二〇〇四年から二〇〇七年まで仙台でロゴセラピーゼミナールを開いた縁で、受講生のつながりができて、被災地に小さな灯がともる。

渡辺は、震災後、イベントが次々と中止になって、仕事が消えた。

「神様、私にできることを教えて下さいと毎日祈って、たどり着いたのは、今までと同じことでした」

最大の余震に揺られた夜、腹が決まった。心に響く言葉を被災地から伝えようと決めたのだ。「被災地の心を伝えるお話会」で全国をまわる。

宮城県東松島市の大塩小学校教頭・北條久也も、ロゴセラピーゼミナールの受講生だ。

人間の身体や心は病気になることがあるが、精神は病むことがない、というフランクルの思想が、自分のなかにずっと残っているという。

内陸の町から、震災後の四月一日、多数の犠牲者が出た東松島に転勤した。津波にめちゃくちゃにされた東松島を車で走り、涙が止まらなかった。

「子どもたちは受け入れがたい経験をしている。だからダメなんじゃなくて、子どもたちと、それでも人生にイエスと言えるように歩んでいきたい」

食べ物が行き渡らなくても、避難所で我先におにぎりを奪い合うようなことはなかった。自分がずぶ濡れなのに、もっと大変な人を気遣う人がいた。

「いのちは、やっぱり分かち合うようになっているのだと実感しました。損得じゃない。それぞれ生かされて、必要とされていることがある」

この先「自分のことしか考えられない人」と共に生きて、生きる意味を一緒に見つけられたら、と北條は思う。

連休の一日に私は、北條と東松島を回った。壊れた家を掃除する人たちがいた。泥だらけの布団をきちんとたたみ、軒先に重ねた家があった。

「もう住めないのだとしても、そうせずにいられないものがあるのです。他の人から見たらゴミに過ぎないのかもしれないけれど」

海に近い遊歩道だった場所で、泥のなかから、黄色い水仙が咲いていた。

＊

フランクルは、強制収容所で、期限がわからないことにみな苦しんだと書いている。

クリスマスには解放されるとか、「三月三十日に解放されると夢でお告げを受けた」などと信じて、かなえられなかった人たちは、急速に抵抗力を失い、いのちを落としていった。

だからこそ、生きる意味に目を向けるように、仲間に話しかけた。人には決して奪われぬものがある、と。一つは、運命に対する態度を決める自由。もう一つは、過去からの光だ。

飢えた仲間がジャガイモを盗んで、収容者全員が断食させられた夕方、フランクルは班長に頼まれて、居住棟で話をした。『夜と霧』には、こうある。

〈わたしは詩人の言葉を引用した。／「あなたが経験したことは、この世のどんな力も奪えない」／わたしたちが過去の充実した生活のなか、豊かな経験のなかで実現し、心の宝物としていることは、なにもだれも奪えないのだ。そして、わたしたちが経験したことだけでなく、わたしたちがなしたことも、わたしたちが苦しんだことも、すべてはいつでも現実のなかへと救いあげられている。それらもいつかは過去のものになるのだが、まさに過去のなかで、永遠に保存されるのだ〉

（『夜と霧』池田香代子訳）

震災の翌年、仙台に「フランクル文庫」がつくられた。

二〇一一年は、ロゴセラピーゼミナールの十周年。勝田は、ウィーンのヴィクトール・フランクル・センターから「震災後の日本へ」贈り物を託された。フランクルが強制収容所から解放されたあと、最初に書きあげた『Arztliche Seelsorge（医師による魂の癒し）』の一九四六年ドイツ語初版本だ。前に述べたように、日本では、『死と愛』という題で知られてきたほか、最終版の翻訳が『人間とは何か』（山田邦男監訳、春秋社）と題して二〇一一年に出版されたばかり。

深紅の薄紙にくるまれて美しい箱に収められ、フランクル・センターの理事たちからのメッセージがついていた。

〈かつてオーストリアも非常につらい時期がありました。この作品は当時の大災害のなかから生まれ、世界中の人間に多くの善いことをもたらしたのです。被災された方や日本の人たちに〝それでも〟の力が与えられるよう願っています〉

勝田はそれを宮城県のゼミ生たちに贈った。

白木たちゼミ生たちは考えたあげく、二〇一二年五月に仙台市中心部に移った「ほっぷの森」新事務所の一角に、「フランクル文庫」をつくった。贈られた初版本をガラスケースに収めて飾り、フランクルの著書やロゴセラピーの関連書籍を集めた。連絡すれば、誰でも見ることができる。まだ小さな文庫だけれど、過去から伝わってきた「それでもの力」を今度はここから発信していけるように、講演会やパネル展示も考えていきたいという。

7　それでもイエスと言う

その本はまだ、京都大学教育学部にあった。

『それでも人生にイエスと言う』(春秋社、一九九三年)のドイツ語の原著『…trotzdem Ja zum Leben sagen: Drei Vorträge』のことだ。

『それでも人生にイエスと言う』は、春秋社の「フランクル・コレクション」のはじまりになった本で、これも日本でロングセラーになっている。原著は、一九四六年の三月と四月にウィーンの市民大学で行った三つの講演を集めた本だ。「フランクルの思想が凝縮されていて、話し言葉でわかりやすい」と、翻訳した大阪府立大学名誉教授・山田邦男は言う。

フランクルは戦争の最後の冬、ドイツ南部の強制収容所で土木作業をさせられた。痛む足を引きずり、頭に浮かぶのは食べること。こんなことばかり考えるのはもうたくさんだ！　と、自分が「強制収容所の心理学」について講演する姿を思い描く。

それをかなえた連続講演だった。

〈そんなとき、囚人たちのひとりは、こういうことを考えるのはもうたくさんだと思いました。〔略〕それで一つのトリックを使いました。このつらい生活全体から距離をおいて超越するために、この生活をいわば高い立場から眺めてみようとやってみたのです。〔略〕彼は、自分がウィーンの市民大学の講壇に立って講演をしているのだと想像しました。しかも、いままさに体験していることについて講演をしているのだと想像しました。心の中で、「強制収容所の心理学」という題で講演したのです。／もしも皆さんが、集団のなかのこの男をもっと近くからご覧になったなら、上着とズボンに小さな麻の布が縫いつけてあるのに気づかれたことでしょう。その布には、一一九一〇四という数字が書いてあります。そして、ダッハウ収容所の記録簿で調べると、この番号のところにヴィクトール・フランクルという四人名が記載されているのを見つけられたことでしょう。／私は、当時この男が心の中でしていた講演を、いまこのウィーンの市民大学の現実のホールで、はじめて現実にするつもりです〉（『それでも人生にイエスと言う』）

しかし、一九四六年に出版された原著は、一九四七年に二刷が出たきり絶版に。講演は、のちに、縮めて別の本に収められた。

それが日本で半世紀近くのちに出版され、多くの人の心をとらえた、この不思議——。京都大学で教育哲学を専攻した山田は、一九六九年、大学紛争のさなかに教える側になった。

経済成長とともに人の欲望はふくらみ、「すべてに意味はない」とするニヒリズムが深まっていった。「ニヒリズムの克服」という難題にぶつかった山田は、恩師、下《した》程《ほど》勇吉の著書『宗教的自覚と人間形成』（一九七〇年）に書かれたフランクルの思想に触れて、救われた気がした、と言う。

「生きる意味はあると、これほどハッキリ言った人を知りません。しかも、体験の裏打ちがあって、それを言い切っているのですから」

フランクルの本を探して読むようになり、翻訳されていないものは、原著を読んだ。『それでも人生にイエスと言う』の原著も、京大教育学部の図書室から借りて複写した。

のちに大阪府立大学の自分のゼミで読むテキストにも、『それでも人生にイエスと言う』の原文を選んだ。そのとき学部生でゼミにいたのが、後に共訳者になる松田美佳だ。

翻訳したいと山田は思いながらも、実際に着手できたのは五十代になってから。一九九〇年代に入っていた。

たまたまそのとき自分も社会も機が熟したのです、と山田は話す。

「ニヒリズムがある一つの主張だとするならば、ニヒリズムさえ風化して、心にむなしさを抱えた人が多くなったように感じられました。この本は時代に求められていると感じましたが、これほどロングセラーになるとは予想しませんでした」

＊

ところで、本国で絶版になっていた原著は、なぜ京大にあったのだろう。

京大の蔵書となったのは、一九五九年十月十九日。教育学部図書室で調べてもらうと、「丸田書房から購入」という記録が残っていた。古い電話帳などを繰ってみたが、丸田書房はもうみつけられず、手がかりはここまでだった。

ただ、この人の本だったのではないかと私が思う研究者がいる。

この本が京大に渡るひと月前に死去した京大教育学部教授がいた。正木正《まさきまさし》。フランクルと同じ一九〇五（明治三十八）年に生まれた教育心理学者だ。病弱で悩み、フランクルを読み込んでいた。

山田邦男の恩師だった下程勇吉は、正木の同僚だ。没後に編まれた『正木正選集1』の解説に下程が、「正木教授自身が『悩める人』であった」と書いている。

〈正木教授自身が「いろいろな人生の壁につきあたって、たたかい、たおれ、なやみ、かなしみながら、立ち上ってゆく人間」として、いわゆる「悩める人」homo patiens であった。ここに、後年、教授がフランクルの立場に深く共鳴されたゆえんがあるといわれよう〉

正木は、京大の前に所属していた東北大学の論文集への寄稿を、あと少しのところまで書いて、血痰が続いて入院。原稿をかばんに入れて病院に持って行ったが、力尽きたという。一九五九年の九月三日に、五十四歳で亡くなった。

さて、「医師による魂の癒し」の最終版の翻訳に没頭していた山田の研究会に、二〇一〇年、フランクルの戯曲の翻訳が持ち込まれた。訳したのは、鳥取大学教授の武田修志《しゅうし》。

「人生論講座」などの授業で学生に読書をすすめている武田は、研究でドイツにいた一九九七年、フランクルの死去を知り、ウィーンで本を買い込んだ。この戯曲に一行目からひっかかった。

「難解で。暇にあかせて読んでみようと思いまして」

ようやく私訳ができた。

のちに著作権の手続きをして、『道標』という同人誌に翻訳を載せている。この戯曲の日本語訳が出るのは、おそらくこれが初めてだ。題名からして難解。武田は「ビルケンヴァルトの共時空間」と訳した。「ある哲学者会議」と副題がついている。

まず、配役がすごい。

カント、ソクラテス、スピノザの哲学者三人に、強制収容所にいる兄弟、先に死んだその母親……、そして黒い天使。

この戯曲ははじめ、一九四八年に『デァ・ブレンナー』というドイツ語圏の文芸誌に、ガブリエル・リオンというペンネームで掲載された。

このペンネームは、ナチスドイツの強制収容所で亡くなったフランクルの両親の名前を合わせたものだ。「ガブリエル」は、父ガブリエル・フランクルから。「リオン」は、母エルザの旧姓リオンからとっている。フランクルはこの戯曲を、一九四六年に書いたという。

内容は衝撃的。哲学者たちが、天使をナチ親衛隊員の姿にかえて兄弟のいる収容所に送る……という話なのだ。

親衛隊員が、天使？

「だれが天使であるか、誰も見破ることはできません」というカントのせりふが出てくる。

家族を失いこの世に一人のこされた主人公――フランクルを思わせる、フランツという名前の男性――は、収容所の仲間にこう言う。

「俺たちはいつでも決断しなければならない、いつでも新たな事態に対して、どんな瞬間でも。というのは、誰も初めから悪魔であるわけではないからだ。親衛隊員だって初めから悪魔ではなかった。そうだろう」

フランクルは一九七七年に、「一心理学者の強制収容所体験」の改訂版とこの戯曲を合わせて一冊にして出版した。ややこしいのだが、その本のタイトルに、かつて講演集の書名だった「それでも人生にイエスと言う」をつけている。第一章で、みすず書房の守田省吾が「これが著者の言いたかった最終形だと思った」といった、あの本だ。

この一九七七年版に、フランクルの親友で作家のハンス・ヴァイゲルが、序文を寄せている。

《彼は、両親、兄、妻、すべてを失って、地獄から故郷に戻ってきました――それにもかかわらず、復讐、報復のあらゆる衝動から自由でした》

ヴァイゲルの序文によれば、フランクルは五大陸のすべてに講演に招かれるようになり、いくつもの大学の名誉博士となり、世界各国に教えを受けた人たちが広がったけれども、故郷ウィーンでは冷たい仕打ちをうけてきたという。

日本で私がなじんできた姿とは違うフランクルの貌《かお》が、あるらしい。ヨーロッパを訪ねてみなければ、と私は思った。

第三章

強制収容所でほんとうに体験したこと

ドイツ、ブーヘンヴァルト強制収容所の跡。石を運んだ荷車が展示されていた〔河原理子撮影〕

1　ブーヘンヴァルトの歌

野蛮と残酷の舞台で

「それでも人生にイエスと言う」は、フランクルの思想の真髄のような言葉だ。「一心理学者の強制収容所体験」(日本語訳『夜と霧』)の改訂版を一九七七年に出すときに、フランクルは、前の章で述べた衝撃的な戯曲と合わせて一冊にして、本の題名を『それでも人生にイエスと言う』にした。

「一心理学者の強制収容所体験」は、世界でもっとも知られたフランクルの代表作である。その代表作の本に、かつて父と母の名を借りたペンネームでひっそりと雑誌に載せた戯曲を、初めて自分の作品として収めたのだ。

序文を、親友で演劇評論家のハンス・ヴァイゲルが書いている。

フランクルが言いたいことを、ぎゅっと詰めた本だといえる。

「それにもかかわらずイエスと言う」のがこの戯曲のメッセージでもあると、ヴァイゲルは書いている。

戯曲「ビルケンヴァルトの共時空間　ある哲学者会議」は、ビルケンヴァルトという架空の強制収容所で起きることと、同時に、天上世界でカントなどの哲学者たちの議論が進んでいく二重構造になっている。

訳を手がけた鳥取大学教授・武田修志によると、ビルケンヴァルト（Birkenwald）という地名は「ブーヘンヴァルトと、アウシュヴィッツの一部だったビルケナウを合成した」もの。そのように、フランクルがヨゼフ・ファブリーにあてた一九六四年六月三十日付の手紙に書いている（Joseph Fabry und Elisabeth Lukas "Auf den Spuren des Logos: Briefwechsel mit Viktor E. Frankl"　ヨゼフ・ファブリーは一九〇九年にウィーンで生まれたユダヤ人で、一九三八年にアメリカに移住。第二次大戦後は、カリフォルニア大学出版局の編集者をつとめた。フランクルと親交を結び、バークレーにロゴセラピー研究所を創設した）。

ビルケナウは、ポーランドの古都クラクフの西にあったアウシュヴィッツの第二収容所で、ガス室で多数のユダヤ人が殺された。フランクルが実際に送られた場所でもある。

では、もうひとつの、ブーヘンヴァルト強制収容所とは？

ブーヘンヴァルト強制収容所は、ドイツの文化都市ヴァイマールの近くにあった。ここにフランクルはいたことはない。しかしここに囚《とら》われていた人たちが歌った「ブーヘンヴァルトの歌」に、「私たちはそれでも人生にイエスと言おう」という一節があったのだという。

フランクルはこれを、一九四六年の講演録の書名にして、後に代表作の書名につけかえた。講演の締めくくりに、ブーヘンヴァルトの話が出てくる。

〈責任を、そして人生を肯定するのは難しいことです。けれども、かつて、あらゆる困難をものともせず、この肯定を行なった人たちがいました。そして、ブーヘンヴァルト収容所の囚人たちが、彼らの作った歌の中で「それでも人生にイエスと言おう」と歌ったとき、それをただ歌っただけでなく、いろんな仕方で行ないに移しもしたのです。〔略〕しかも、きょう最初に十分にお話したように、外面的にも内面的にも口でいえないような条件の下でそれを成し遂げたのです。とすれば、こんにち、ほんとうは比べることはできないとはいえ、比較的ましな状況にある私たちが行ないに移せないわけがありましょうか。人生はそれ自体意味があるわけですから、どんな状況でも人生にイエスと言う意味があります。そればかりか、どんな状況でも人生にイエスと言うことができるのです〉
（『それでも人生にイエスと言う』）

読んでもしばらく、私は腑に落ちなかった。

講演のすばらしさの印象は強かったのだが、はて、強制収容所に囚われた人たちが「それでも人生にイエスと言おう」と歌った？　つくらされた歌、うたわされた歌ではないのか……。いったいどんな状況で、そのような歌をつくったのだろうか。

二〇一〇年にドイツに取材に行く前に、通訳を依頼した翻訳家の美濃口坦《みのぐちたん》にも、意見を聞いてみた。美濃口も、同じような疑問を感じたという。

彼は一九七四年に留学して以来ドイツに住んでいて、強制収容所跡を何度も取材している。今回の取材に強い関心をもっていた。実は、フランクルの『識《し》られざる神』を翻訳した佐野利勝・京都大学名誉教授にドイツ語を習ったのだという。そしてその学生時代に、『夜と霧』を読んでいた。

「けれども当時は、本当の意味では、わからなかったのだと思います。収容所についてのフランクルの分析的な記述に、いらだちを覚えた記憶があります」

そう美濃口はふりかえった。「ブーヘンヴァルトの歌(Buchenwald-Lied)を、インターネットで聴くことができますよ」と美濃口に教えられて、私も聴いてみた。とても威勢のよい、行進曲だった。

ブーヘンヴァルトの強制収容所は、後にノーベル平和賞を受賞した在米の作家エリ・ヴィーゼル(一九二八〜二〇一六年)がいたことでも知られる。ここで解放されたとき、ヴィーゼルは、十六歳の少年だった。ルーマニア北部の街シゲットで生まれたユダヤ人で、一九四四年になってアウシュヴィッツに送られ、さらにブーヘンヴァルトに父と移送されたのだ。父親の体力は、解放までもたなかった。

アウシュヴィッツで子どもが焼かれる焔《ほのお》を見て、ブーヘンヴァルトで父を守りきれなかった少年の、収容所体験を描いた小説『夜』は、痛切だ。

一九四五年四月にブーヘンヴァルト収容所を解放したアメリカ軍が撮影した写真に、棚のような四段ベッドに横になった男たちと、傍らにやせこけた裸の男が立つ写真があって、棚の二段目に少年のヴィーゼルが写っている。

アメリカ軍がここで見つけたのは、やせこけた囚人たちだけではなかった。火葬場の前に放置された、裸の死体を積み上げた荷台。そして、人間の首でつくった飾り物、人間の皮膚を傘のカバーにしたランプ、入れ墨をした皮膚のコレクション、人間の臓器……。

アメリカ軍は、ヴァイマール市民を収容所の敷地内に入れて、これらを見させた。ナチスドイツの非道の証拠として、ここで撮影された映像の一部は、映画「夜と霧」や、『夜と霧』旧訳の巻末資料にも収められている。

ブーヘンヴァルト収容所について、『夜と霧』旧訳の解説にはこう書いてあった。

〈約八年間というもの、この収容所は毎日のように野蛮と残酷の舞台であった。収容者たちは、まるで人間モルモットのような目に遭った〉

〈この収容所では約八年間に、人間の知る限りのあらゆるタイプの恐喝がサディスティックな快楽を伴って演じられた〉

「約八年間」というのは、ここが開所した一九三七年から終わりまでずっと、という意味だ。毎日のように野蛮と残酷の舞台だった場所で、「それでも私たちは人生にイエスと言おう」と歌ったのだろうか……。

調べるほどに、私は確信が持てなくなっていった。

しかし、ここにとらわれた人たちが「それでも人生にイエス」と歌ったことは、事実だった。

ゲーテと憲法の街で

第四十四代アメリカ大統領バラク・オバマは、大統領に就任して約半年後の二〇〇九年六月五日、ブーヘンヴァルト強制収容所の記念館を訪れて、白い薔薇《ばら》を捧げている。八十二歳になった作家エリ・ヴィーゼルと、ドイツのアンゲラ・メルケル首相とともに。

大統領選の民主党候補者争いのころ、オバマは演説で「私にはアウシュヴィッツ強制収容所を解放したおじさんがいる」と語ったが、アウシュヴィッツを解放したのは、ソ連軍である。実際は、ブーヘンヴァルトのサブキャンプを解放した部隊に大おじがいた。

オバマ大統領は、ブーヘンヴァルト収容所のゲートのところで、メルケル首相らと並んでスピーチ。「ここでは無数の残虐行為があったが、勇気や優しさを示すたくさんの行為があったことも、私たちは知っている」と語って、困難のなかで仲間や子どもを守ろうとした人たちがいたことに触れた。

そして、こう言った。

《それに私は、ここの二人の囚人が、「ブーヘンヴァルトの歌」をつくって、多くの人たちが歌ったということさえ、聞いています。そこには、こんな歌詞があるのです。「私たちの運命がどのようなものであろうとも、私たちは人生にイエスと言おう。なぜなら、その日はいつか来る、私たちが自由になる日が……。私たちの生きる意志は血のなかを流れ、心には、心には、信念を持ち続ける」》

「ブーヘンヴァルトの歌」は、夜明け前に隊列を組んで作業場へ行進する場面から始まって、三番まである。必ず繰り返す部分があって、こんな具合だ。

おお、ブーヘンヴァルト、私はお前が忘れられない
お前は私の運命だから
お前から去った者だけがわかる
自由がどんなにすばらしいか！
おお、ブーヘンヴァルト、私たちは嘆き悲しみはしない

私たちの運命がいかなるものであろうとも
私たちはそれでも人生にイエスと言おう
なぜならその日はいつか来るから、私たちが自由になる日が！
私たちはそれでも人生にイエスと言おう
なぜならその日はいつか来るから、私たちが自由になる日が！

ブーヘンヴァルト強制収容所の跡地は、ヴァイマールの街――ここで暮らした詩人ゲーテとシラーの像が広場に立つ美しい街であり、第一次大戦に敗れたドイツが民主憲法を制定した場所であるヴァイマール――からバスで二十分ほどの、ちょっとした山にあった。記念館として整備されていて、私が訪れたときは、中学生か高校生だろうか、見学の子どもたちのグループが何組も来ていた。

一部の建物が復元されているほかは、バラックはすでになく、森を切り開いた広大な敷地は、強い風にさらされていた。展示会場になっている建物が、高原の学校のように見える。

ここは十六世紀から十九世紀まではヴァイマール公の狩り場だった。十八世紀にはここの山荘に文化人が集い、ゲーテの戯曲が上演されたという。そのような場所を選んで、ナチスドイツは強制収容所をつくり、ブーヘンヴァルト（ブナの森）という新しい名前をつけたのだ。

相当に広くて、敷地内を行進するだけで、くたびれそうだ。

ブーヘンヴァルト記念館の学芸員ハリー・シュタインを訪ねて聞くと、「ブーヘンヴァルトの歌」が作られたのは一九三八年十二月だと、教えてくれた。翌一九三九年八月二十二日に、正式にこの収容所の歌に採用された。

この収容所の始まりは一九三七年七月で、ナチスドイツの大きな強制収容所では三番目に早い。

「けれども、そのころここはまだ山の森のなかで、ほとんどの囚人が収容所の建設作業をしていました。完成したのは一九四〇年のことです」

まだ建設中にもかかわらず、一九三八年は、収容者が二千人から二万人に急増した。ドイツはこの年三月にオーストリアを併合した。九月には、ダッハウ強制収容所が一時立ち退きのためにユダヤ人収容者をこちらに移した。十一月には、各地でユダヤ人の商店などを襲撃した「水晶の夜」事件があって、多数のユダヤ人が捕らえられた。

シュタインによれば、当時の収容者二万人の半数がユダヤ人だった。ほかは、警察が「非行者」として捕まえた住所不定の人や働かない人、政治犯、「エホバの証人」の信者など。

「ほとんどの人はその後、釈放されました。けれども当時は、人数が急にふくらんだために、木造の仮バラックひとつに二千人くらい詰め込まれて、衛生状態も悪くなり、終戦直前と似たような状態になっていたのです」

あの歌は、そんな状況のなかでつくられたという。

作者は、政治犯として捕らえられ、ダッハウ強制収容所から移送されてきたユダヤ人の音楽家。プロがつくった歌だったのだ。

「囚人を管理していた収容所長が『収容所の歌をつくったら賞金をやる』と言ったのです。ユダヤ人は作詞作曲を禁じられていましたから、本当の作者は戦後まで秘密にされました」

行進のときなど、一日何度も歌わされたという。

「歌わせる側にとっては娯楽であり、囚人をこらしめる材料になりました。それでも歌詞の最後の『自由』をわざと大声にしたり引き延ばしたりして歌ったりして自分の思いを込めることができたと、何人もが語っています。希望の歌であり、挑戦の歌だったのではないでしょうか」。そうシュタインは言う。

当時いた囚人の証言によると、この歌は、フランスのストラスブール自由ラジオ放送で、囚人の不屈の意志の見本として、全ヨーロッパに向けて放送されたこともある。正式に採用されてから二カ月ほど後のことだった。ただし、一九四三年ごろからは、いろいろな国の人がダッハウに収容されるようになり、皆を一堂に集めて点呼したり歌ったり、しなくなったという。

「人数がどんどん増えるし、ここに来ても数週間でほかの収容所に移送される人が多くなりました。みんなで歌う習慣はなくなったのです」

いつか自由になる

作詞した人の名前は、フリッツ・レーナー＝ベーダという。

「ブーヘンヴァルトの歌」をつくったとき、すでに五十五歳。「メリー・ウィドウ」などのオペレッタで知られる作曲家フランツ・レハールと、組んで仕事をしてきたベテランだった。「メリー・ウィドウ」はヒトラーが好んだ曲として知られるが、この作詞を手がけたのは別の人。レハール作曲のオペレッタ「微笑みの国」のなかの曲「君こそ我が心のすべて」が、フリッツ・レーナー＝ベーダが作詞したものだ。

フリッツ・レーナー＝ベーダは、一九四二年十月にブーヘンヴァルトからさらに、アウシュヴィッツに送られた。化学企業IG《イーゲー》ファルベン社の合成ゴム工場に、アウシュヴィッツ第三収容所がつくられたのだ。五十九歳になっていた作詞家は、ここで働かされるが、親衛隊員にひどく殴られて、十二月に死亡した。

一方、作曲したヘルマン・レオポルディは、歌をつくったときは、五十歳。数カ月後の一九三九年春に釈放されて、妻とアメリカに渡った。終戦後、ウィーンに戻って音楽活動を続けて、一九五九年に七十歳で亡くなった。

フリッツ・レーナー＝ベーダのことをドイツのジャーナリストが書いた本『Dein ist mein ganzes Herz（君こそ我が心のすべて）』のなかに、そのころブーヘンヴァルト強制収容所にいた人たちの証言が出てくる。

《この歌を歌うときはいつも、心からの憎しみと確信をこめて歌いました》

《最後のリフレインのところ――いつか私たちが自由になる日が来る、というところを、一種の威嚇《いかく》として投げつける効果があったのです》

朝、昼、晩、と歌わなければならず、収容所の楽隊が演奏するのに合わせて囚人たちが鞭《むち》で打たれたりした、という話。凍るように寒いなか、何時間も立たされた後で、この歌を元気に歌いながら所長の前を行進しなければならず、歌が下手だとやり直しをさせられた、という話も載っている。

作曲したレオポルディは、「この行進曲は、機会あるごとに歌われる私たちの賛歌になった。特にこのリフレインのところは、私たちの希望の表現だった」と後に語ったという。

《私たちが労働に出かけるときに歌うので、周りの村人たちも知るようになりました。そのうち国中で有名になったのです。そして連合軍の放送局もこの歌をとりあげて、ストラスブールのラジオ局も放送しました》

それにしても、歌は、なぜ、つくることになったのか。

きっかけは、レオポルディによれば、こんなことだったらしい。

《当時の収容所長のレードルは、とんでもない酔っ払いで、点呼のあとも、私たちが労働から帰ってきて死ぬほど疲れているときも、いつも童謡を歌わせました。そのうち童謡にもあきたようで、収容所の歌をつくるコンクールを開くことにしたのです。マイクの前でレードルはこう言ったんです。『ブーヘンヴァルト収容所の歌をつくれ……一番いいのに十マルクやるよ……つくれよ……十マルクだぜ』。それを私たちは信じられない思いで聞きました。夜さっそく仲間たちが集まって、そのうち、レーナー゠ベーダが本当に革命的な歌詞をつくったのです。

私はそれが一番気に入って、すぐにメロディーをつけました。犯罪者の囚人が、書いたことにしました。何があっても、私たちはベーダが作詞したことを言ってはならなかったのです。この行進曲を、所長は特に気に入ったけれども、私たちは十マルクの賞金をもらいませんでした。所長はあまり賢い人ではなかったから、この歌がいかに革命的か、理解できなかったようです》

これらの証言によるならば、「ブーヘンヴァルトの歌」は、確かに、つくらされた歌だった。自由な意志で好きなときにうたったわけではなく、疲れているのに、嫌々うたわされた行進曲でもあった。

それでも、この歌は、歌詞も曲も、囚人とされた人たち自身の表現であったし、うたわされたのだとしても、そこに自分たちの意志をこめることができたのだ。

歌がつくられた時期は、第二次世界大戦に突入するよりも、ドイツのソ連侵攻よりも前だった。ユダヤ人の組織的な集団虐殺までは進んでいなかった。芝健介著『ホロコースト』によると、一九四一年六月のドイツのソ連侵攻を契機にユダヤ人をまとめて射殺するなどの集団虐殺が始まり、その年の十二月に、ポーランドのヘウムノ収容所でガス・トラックによる殺戮が始まった。翌一九四二年一月のヴァンゼー会議で、

「ユダヤ人問題の最終解決」の方針が計画的大量殺戮であることを、確認したのだ。

なるほど……と私は納得しそうになった。しかし、「それでも人生にイエスと言おう」という歌は、のどかな時代につくられたわけではない（歌詞には意志を示す助動詞があるので、「言おう」。フランクルの本の題は「言う」）。

それに、フランクルは、大虐殺の時代を知っている。知っているどころか、実際にアウシュヴィッツ＝ビルケナウで生死の選別をくぐりぬけて、そこで妻と永遠にわかれた。解放されて、ウィーンに帰り着いても、両親も妻も、兄も二度と帰らなかった。家族で生きていたのは、オーストラリアに移住した妹だけだった。

それから一年もたたない翌春の講演で、フランクルはこの歌を引き合いに出して、「どんな状況でも人生にイエスと言うことができるのです」と語ったのだ。

そして晩年、代表作を書き改めた決定版を本にするとき、「それでも人生にイエスと言う」を書名にした。

フランクルは、収容所で何を体験したのだろうか。

2　カスタニエンの樹

四つの収容所

『夜と霧』に書かれた強制収容所体験は、すべてアウシュヴィッツでのことだ、と思っている人がいるかもしれない。

注意深く読めば、〈わたしたちがアウシュヴィッツから、バイエルン地方にあるダッハウの支所に送られたとき〉といった文章が出てくるので、すべてがアウシュヴィッツでの体験ではないことは、およそわかる。けれども、フランクルは、これをドキュメントとして記そうとしたわけではなく、収容所生活がひとりの魂にどう作用したかを語ろうとしたので、「いつ・どこで」は必ずしも明示されず、混然としている。

私自身、ずいぶん長いこと、「これはアウシュヴィッツの話だ」と思い込んでいたように思う。学生時代に『夜と霧』を読んだはずだが、理解していなかった。あるいは、最初から思い込みのメガネをかけて見ていたから、そしてそのこと自体に気がついていなかったから、思い込みに合致した部分しか、読みとれなかったのかもしれない。

フランクルの足跡を知ってから『夜と霧』を改めて読んで、ここに描かれた印象的なエピソードの多くが、現在のドイツ南部、バイエルン地方にあった強制収容所の支所での体験だったことに、ようやく気がついた。

この本のはじめにフランクルは、《以下に記す体験は、有名な大規模収容所での出来事というよりはむしろ、悪名高い支所の収容所で起きたことにかかわるものである。しかし、こうしたより小さい支所こそが絶滅の場所だったことが、いまでは知られている》と断り書きをいれていた。

それではフランクルは、どこでどのような収容所生活を送ったのだろうか。改めて、たどってみたい。

フランクルは、三十七歳の秋にウィーンから追われ、四十歳の春に解放されるまでの約二年七カ月間に、四つの収容所に留め置かれた。

現在のチェコにある、テレージエンシュタット。

ポーランドにある、アウシュヴィッツ第二収容所ビルケナウ。

そして、ドイツ南部バイエルン地方のダッハウ強制収容所の支所である、カウフェリング第三と、テュルクハイム（カウフェリング第六）。

テレージエンシュタットに二年一カ月いて、アウシュヴィッツへ一九四四年十月に移された。アウシュヴィッツにいたのは四日ほど。すぐまたバイエルン地方に送られて、一九四五年四月に解放されるまで、戦争の最後の半年、冬の工事現場などで働かされた。

最初のテレージエンシュタットに家族ともども強制移住させられたときは、まだ、男女別棟に収容されても、家族に会うことはできた。

両親や妻とウィーンから追い出されて、北のテレージエンシュタットへ列車で送られたのは、一九四二年九月二十四日。着いたのは翌日だった。

勤務していたユダヤ人専門ロートシルト病院で知り合って、前年暮れに結婚したばかりの妻ティリーは、二十一歳のおわり。

父は八十一歳、母は六十三歳だった。

『フランクル回想録』（以下、回想録と表記する）や、アメリカの心理学者ハドン・クリングバーグ・ジュニアが書いたフランクル夫妻の伝記『人生があなたを待っている』(以下、伝記と表記する)によると、フランクルは独身だったころ、アメリカへ行くビザをもらえることになったが、高齢の両親を置いてひとりで行くことはできないと考え、留まることを決心した。もし自分が渡米したら、高齢の両親はただちに強制収容所に移送されてしまうだろうと恐れたのだ。生年月日から計算してみると、なるほど両親、とくに父親は高齢だ。

翌一九四三年二月に、衰弱したこの父を、フランクルはテレージエンシュタットの診療所で、看取ることになる。

囚われてなお

テレージエンシュタット(チェコ名テレジーン)は、特殊な収容所だ。十八世紀に築かれた要塞の街で、要塞ごと、巨大なユダヤ人ゲットーにされていた。ナチスドイツは、ここをモデル収容所として「美化」して、「人道的」な姿勢を対外的に見せようとしたのだ。

プラハから北へ六十キロほどの平地に、突然、古い壁に囲まれた要塞が現れる。そこがテレージエンシュタットだ。この地がハプスブルク家の支配下にあった十八世紀のおわりに、北のプロイセン王国から守るために皇帝ヨーゼフ二世が川沿いに要塞を築いて、母マリア・テレジアの名前をつけたのだ。

大要塞と、小要塞があって、ナチスドイツは一九四一年から四二年に住民を追い出して、大要塞をまるごと、ユダヤ人を隔離収容するゲットーにした。大要塞は上から見ると複雑な星型をしていて、壁に囲まれてはいるが、広場や教会が中心にある、ひとつの街である。いまは、低層の建物が、おだやかで美しい街並みをつくっている。そのひとつの建物で、収容所だった当時の生活の様子が再現されていて、木製の三段ベッドが詰め込まれた部屋を見ることができる。

少し離れた小要塞には、独房や処刑場、職員のためのプールや、ドイツ語で「ARBEIT MACHT FREI（働けば自由になる）」と書かれたゲートがある。テレジン記念館の日本語リーフレットによれば、小要塞はもともと監獄として使われていて、在プラハのナチス国家秘密警察が一九四〇年にここを拘置所にした。

小要塞は、拷問や処刑にも使われた。フランクルは小要塞に連行されて、親衛隊員に殴りとばされて倒れたことがある。そのとき水たまりに飛んで壊れたメガネの絵が、『夜と霧』のドイツ語原著の最初の本の表紙に描かれている。

一九四一年十一月から四五年四月までにテレージエンシュタットに収容された総勢約十四万一千人の六割は、ここに一時期とめおかれて、さらにほかの強制収容所——

ほとんどがアウシュヴィッツなどの絶滅収容所——に送られた。とめおかれた時間が長いか短いかはさておいて、テレージエンシュタットはユダヤ人の中継所のような役割を果たした。

なにより、テレージエンシュタットは、明日をも知れない運命のなかで、収容された人たちが行ったさまざまな芸術活動によって、有名になった。「ブルンディバール」というオペラを子どもたちが何十回も演じたこと、子どもたちが描いたたくさんの絵がのこされていることは、日本でも知られている。

テレージエンシュタットには、一九三九年にドイツの「保護領」とされたチェコのユダヤ人がまず隔離収容されたが、一九四二年一月のヴァンゼー会議以降、ドイツや旧オーストリアの、六十五歳以上のユダヤ人や、第一次大戦の活躍で勲章をもらった退役軍人のユダヤ人などをここに移送する方針が示され、さらには才能ある有名なユダヤ人もここに移送することになった。つまり、すぐに殺害すると国内外から批判されかねない人たちを収容したのだ。その結果、音楽家、美術家、俳優、学者……さまざまな才能が集まった。もともと人口数千人だった街に数万人がおしこめられる過密な環境のなかで、演奏会、演劇、オペラ、美術、講演会、朗読会などの文化活動が続けられた。

そしてナチスドイツは、それらを利用し、粉飾して、テレージエンシュタットを「快適なユダヤ人自治移住区」のモデルとして、国際社会に見せようとしたのだ。

自治移住区といっても、自分の意志で「移住」したわけではないし、ユダヤ人長老たちによる「自治」の仕組みがつくられたが、限界ばかりの「自治」だった。ドイツの歴史研究者ヴォルフガング・ベンツの『ホロコーストを学びたい人のために』は、テレージエンシュタットに一章をさいていて、こんな風に説明している。

〈テレージエンシュタットの「自治」というのは、民主的な機能や目標の自己決定とは関係なく、それどころかまったく無関係で、むしろSS収容所指導部の道具としてしか行動できなかったということは、説明するまでもない〉

〈テレージエンシュタットへの到着はまさにショックだった。非常に古い兵舎、栄養不良、劣悪な衛生状態の中、人で溢れかえった多くの宿泊所が、老人ホームを当てにしていた人々を待ち受けていた。年輩者の多くはたいてい、ここの生活条件を克服する力がなく、テレージエンシュタット到着後まもなく死亡した〉

文化的な活動は、なぜ、よく開かれるようになったのだろうか。

テレジン記念館のガイドブックによると、文化的な活動は初め禁止されたが、一九四二年のなかごろから黙認されるようになった。この年一月のヴァンゼー会議で、「ユダヤ人問題の最終解決」つまり計画的に殺戮する方針が、確認されていた。収容所を管理する側はユダヤ人のたどる運命が見えていたし、芸術活動は残虐行為のカムフラージュになりうるものだった。

しかし、収容されていた人たちは違う見方をした。ひどい環境のなかでも、明日をも知れぬ運命への恐怖や絶望にとらわれるのではなく、人間らしく生きようと心に決めていた。

フランクルも、ここで講演している。ウィーンで発行されているフランクル全集第一巻によれば、「おそらく一九四三年」のことだ。テレージエンシュタットで、フランクルは専門をいかして医師として働き、保健部門の一隊を率いて、収容された人たちの精神衛生の問題——自殺防止活動など——にとりくんでいた。十回の連続講演のテーマを書いたチラシの裏に、フランクルは、サイン入りで、こんな言葉を書きつけていた。

〈この世界にあって、自分の人生には使命があるという意識ほど、外からの困難

と内からの問題を克服する力を与えてくれるものはありません

〈『人生があなたを待っている』〉

フランクルは、「生きる意味」を大切にするロゴセラピーの思想を、若いころから育んでいたが、収容所生活を生き抜くなかで確信にまで深めたのだろう。

『夜と霧』のなかで、テレージエンシュタットでのエピソードも、実は、ひっそりと光を放っている。

「生きていることにもうなんにも期待がもてない」と自殺願望を口にするようになったふたりの男に、彼を待っている子どもや仕事を思い出させて、自殺を思いとどまらせた、というエピソードは、もしかしたら、テレージエンシュタットで自殺防止活動をしていたときに体験したことではないだろうか。

私はいのちだ

さらにはっきりと、これはテレージエンシュタットでの出来事にちがいないと私が考えるエピソードがある。

「カスタニエンの樹」の話だ。

『夜と霧』の後半に出てくる。

人間の精神の自由は、息をひきとるまで誰も奪うことはできないのだ、そして、運命と苦悩をいかに引き受けるかというやり方のなかに、最後の一分まで、生命を有意義に形づくる豊かな可能性があるのだ……という話の流れのなかで、フランクル自身が目撃した例として、強制収容所で亡くなった若い女性のエピソードが出てくる。

「素朴なのに、まるで創作のように詩的な響きをもつ話」として——。

こんな内容だ。

この若い女性は、近いうちに自分が死ぬことを知っていた。それにもかかわらず、フランクルが彼女と話をしたとき、晴れやかな表情をしていた。「私を痛めつけた運命に感謝しています」と彼女は話した。小市民的な生活をしていたころは自分は甘やかされていて、精神的な望みについて真剣ではなかった、というのだ。最期の日々に、彼女は内面的に深まっていった。

「あの樹が、孤独な私のたったひとりの友だちなんです」と彼女は言って、バラックの窓から見える「カスタニエンの樹」を指さした……。

つづきは、『夜と霧』旧訳から引用する。

〈外では一本のカスタニエンの樹が丁度花盛りであった。病人の寝台の所に屈んで外をみるとバラックの病舎の小さな窓を通して丁度二つの蠟燭《ろうそく》のような花をつけた一本の緑の枝を見ることができた。「この樹とよくお話しますの。」と彼女は言った。私は一寸まごついて彼女の言葉の意味が判らなかった。彼女は譫妄《せんもう》状態で幻覚を起しているのだろうか？　不思議に思って私は彼女に訊《き》いた。「樹はあなたに何か返事をしましたか？——しましたって！——では何て樹は言ったのですか？」彼女は答えた。「あの樹はこう申しましたの。私はここにいる——私は——ここに——いる。私はいるのだ。永遠のいのちだ……。」〉

（『夜と霧』霜山徳爾訳）

この原稿を私が書いているいまは春で、ひと雨ごとにやわらかな緑の芽が伸びていく。こうした季節に読むと、このエピソードは一層心にふれてくる。

木々は何も言わないけれども、まさに「いのち」——輪廻《りんね》のなかの「いのち」なのだと感じられるし、しかし、いのち萌える季節に、死と向き合わなければならないこともある。それは、つらいだけのことなのか……？　死と向き合うなかで、「いのち」を深めることはできるのだ。それは私には希望に思える。

病床の彼女の言葉を受けとめることができたフランクルという人を想う。

このエピソードは、どこで体験したことなのか書かれていないが、テレージエンシュタット以外には、ありえない。カスタニエンの花が咲く初夏にフランクルがいた収容所は、ここだけだから。医者として働いていたときの出来事だったのではないだろうか。

フランクルは、最後のテュルクハイム収容所へも医者として送られたが、窓から木がのぞめるような病舎があって女性患者が医師に看取られて亡くなっていく……という状況には、もはやなかった。地面に穴を掘って屋根をかけたようなテュルクハイムのバラックには、チフス患者がひしめき、彼自身がその一人になったのだから。

『夜と霧』の旧訳をくり返し読むうちに、私は、「カスタニエンの樹」というものを、収容所の病床の若い女性が板張りの寝台から窓のむこうに見た花を、見てみたいと思うようになった。

ドイツ語辞典をひくと、カスタニエ（Kastanie）は、クリまたはマロニエ（セイヨウトチノキ）のこと。『一心理学者の強制収容所体験』英訳本ではクリ（chestnut）になっているが、『夜と霧』新訳では「マロニエ」と書いてある。いろいろな人に聞いてみたが、ここに出てくるのは、トチノキの仲間のマロニエの方らしい。

「カスタニエンの樹」のことを考えながら東京を歩いていた五月、私は霞が関のまんなかで、はっとして足が止まった。

何十回と歩いてきたはずの東京地方裁判所前の通りに並ぶ巨大な「街路樹」はトチノキで、ほんのり紅色の入った白い花が、空に向かって一斉に手を突き出すようにして咲いていた。

この季節も何度もここを通ったはずなのに、花を意識したのは初めてだった。いままで私は何を見ていたのだろう……。花は同じように咲いていたはずなのに。背が高い木なので、首を上に向けないと、花に気がつかないということもあるかもしれない。あの収容所の病床にいた彼女も、寝台から見上げる空の途中に、「カスタニエンの樹」があったのだろうか。

偽りの記録映画

さて、テレージエンシュタットでの暮らしを推しはかる手がかりは、もうひとつある。

ここで撮影された「記録映画」の映像が、一部分だけ残っているのだ。

ナチスドイツは、テレージエンシュタットを「美化プログラム」で粉飾して、モデル収容所として国際社会に見せようとした。

視察の求めにこたえる形で、一九四四年六月二十三日に、国際赤十字とデンマーク政府の視察を受けいれた。「この視察は注意深く演出されたもので、赤十字のモーリス・ロセルはSS将校にエスコートされてゲットーを歩き、そこに収容されたユダヤ人と口をきく機会もなかった」と赤十字国際委員会のサイトにある。デンマークは当時ドイツに占領され、領内のユダヤ人がここに移送されていた。

つづけて八月から九月にかけて、ナチスドイツの「人道的」な姿勢を中立国にアピールするための映画を、ここで撮影している。撮影は、プラハのニュース映画会社アクトゥアリタ（Aktualita）から来たカメラクルーが担当した。

制作の中心にすえられたのは、ここに収容されていたユダヤ人映画監督のクルト・ゲロン。俳優として、マレーネ・ディートリッヒ主演のドイツ映画「嘆きの天使」（一九三〇年）に、でっぷりと髭《ひげ》をはやしたキャバレーの座長役で出ていた。

映画の仮の題名は「テレージエンシュタット　ユダヤ人居住地の記録映画」だったらしいが、もちろん正直な「記録映画」ではなかった。楽しさと快適さをでっち上げて「記録」した、プロパガンダ映画だ（この映画は「総統、ユダヤ人に都市を贈る」という皮肉な題名で後世知られているが、米国ホロコースト記念博物館のスティーヴン・スピルバーグ・フィルム・アンド・ビデオ・アーカイブの説明によれば、この悪名高きタイトルは、解放後に生存者がそう呼んだのであって、もとからの題名ではない）。

この映画のフィルムが、部分的に残っているのだ。一九六四年にチェコスロバキアで一部がみつかり、また別の断片が一九八七年にイスラエルで発見されたという（'Theresienstadt 1944-1945' Karel Margry）。

これらを再構成した約二十五分の映像のＤＶＤを、私はアメリカのブランダイズ大学構内にある非営利組織「ユダヤ関係の映像のためのナショナルセンター」から取り寄せて、見てみた。

ぶつぶつ途切れる映像のなかで、上着やエプロンの胸にユダヤのマークである黄色い星をつけた人々が、演奏会に聴き入り、図書室で本を開き、編み物をしながらおしゃべりに興じている。中庭でサッカーの試合があって、選手が観客席までとびこむ場面や、男性たちがシャワーを浴びる場面、家族が食卓を囲む光景まであって、かなしいほど、よくつくられていた。

演出された場面がほとんどであったにせよ、フランクルの当時の生活を、映像を手がかりに、私はほんの少し具体的にイメージすることができた。

年配の人たちが集まった学術講演会の場面がある。講演しているのは、哲学や美学の大学教授だったエミール・ウティッツ。そういえば、フランクルの著作にウティッツの引用があった。また、手術室や、ベッドが並んだ病室、その裏庭の木かげで女性患者が休む光景が映る。白衣の男性たちは、フランクルの同僚だったのだろうか。つづくシーンで、回復期だという子どもたちが口々にパンをほおばっているのは、いかにも不自然なのだが。

この〝記録映画〟の監督役だったクルト・ゲロンの生涯を追ったドキュメンタリー映画が、二〇〇三年にアメリカで制作された。日本公開時の題名は「ナチス、偽りの楽園」。このなかでテレージエンシュタットの生存者が、赤十字の視察が来るときのことを語っている。ユダヤ人は公園への立ち入りが許されなかったのに、公園の塀が取り除かれて、花や木が植えられて、音楽パビリオンや四人用プールまでつくられた。楽団は、ジャズをアメリカのバンドみたいに演奏するように求められた。子どもたちは、見たこともないイワシを「食べすぎてもう飽きちゃった」と言うように指示されたという。

その赤十字の視察を前にした一九四四年五月の十五、十六、十八日に、収容所の過密状態を減らすために、計七千五百三人が、アウシュヴィッツに送られた。フランクルの妻ティリーの母もテレージエンシュタットにいたのだが、このとき、アウシュヴィッツに送られてしまった。

フランクルは、解放後に、ロンドンにいる恩師オズヴァルト・シュヴァルツに出した長い手紙のなかで、収容所での生活について説明している。テレージエンシュタットでは自分の専門分野で働き、収容された人たちの精神衛生にとりくんだ、と報告。「テレージエンシュタットでの文化的生活は、とくに後の方は、信じられないほどハイレベルでした」と綴り、ヨーロッパの有名な音楽家や大学教授がいて、活発な文化活動が行われて、思索を深めることができたと、そこにいた人たちの名前を挙げて説明している。

しかし……。

《見事なカルメン（衣装をつけて！　オーケストラの演奏付きで！）が上演されて（演出：有名な俳優のクルト・ゲロン）――それはただ手本として紹介するためだけに演じられたのですが――それらが終わった後の一九四四年十月、約二万人がアウシュヴィッツに送られました。そのほとんどが、まっすぐガス室に入れ

られたのです》 （一九四六年二月二日付書簡、全集第一巻）

テレジン記念館の資料によると、〝記録映画〟の撮影は八月十六日に始まり、九月十一日に終わった。そして撮影終了後の九月二十七日に、ユダヤ人評議会の長老パウル・エプシュタインは小要塞に連れて行かれて射殺された。翌九月二十八日に、五月以来中断していた収容者の東方移送が再開されて、十月二十八日までに十一回、計約一万八千四百人がアウシュヴィッツに送られた。このうち生き延びたのは一割以下の、千五百七十人だったという。

映画監督クルト・ゲロンも、十月二十八日の最後の移送列車でアウシュヴィッツに送られて、いのちを奪われた。

〝記録映画〟は完成しなかった——と長く信じられてきた。しかし、カーレル・マルフリの前述の論文「Theresienstadt 1944-1945（テレージエンシュタット　1944—1945）」によると、撮影フィルムはこの後、プラハのニュース映画会社アクトゥアリタによって編集されて、翌春——戦争が終わりに近づいて、もう〝人道的〟に見せかける必要もなくなったころに——完成した。そしてプラハとテレージエンシュタットで披露されている。

3　アウシュヴィッツ

誕生日

テレージエンシュタットを「快適なユダヤ人自治移住区」に見せかける〝記録映画〟の撮影が終わった一九四四年九月、絶滅収容所のある東の方へのユダヤ人の移送が、再開された。十月二十八日までに三万人近くいた収容所人口は一気に、約一万一千人に減ったという。

フランクルも、十月十九日の列車に乗せられて、妻ティリーとともに東へと送り出された。どこへ行くのか知らされなかったが、一行千五百人が折り重なるようにして運ばれて、明け方に到着したのは、ポーランドにあるアウシュヴィッツの第二収容所ビルケナウだった。

『夜と霧』の「第一段階　収容」の章は、この到着の場面から始まる。

〈そうこうするうちに、列車はかなり大きな駅にすべりこんだ。貨車のなかでおののきながらなりゆきを待ちうけていた人びとの群れから、ふいに叫びがあがった。

「駅の看板がある——アウシュヴィッツだ！」

この瞬間、だれもかれも、心臓が止まりそうになる。アウシュヴィッツと聞けばぴんとくるものがあった。あいまいなだけいっそうおぞましい、ガス室や焼却炉や大量殺戮《さつりく》をひっくるめたなにか！　列車はためらうようにゆっくりと進んだ。そう、まるで自分が運んできた世にも不幸な人間という積み荷をおもむろに、そしてなだめすかして現実の前に立たせようとするかのように。「そうだよ、ここはアウシュヴィッツだよ」と〉

（『夜と霧』池田香代子訳）

回想録などによると、テレージエンシュタットで、まずフランクルが東へ移送されることが決まった。ティリーは、軍需工場で働いていたのでテレージエンシュタットに残れるはずだったのに、フランクルと一緒に行く道を選び、自ら移送を願い出たという。

「妻は、私が知らないうちに、私の意志に逆らって、自分の意志で移送に申し込んでいたのです。アウシュヴィッツで、案の定、私たちはすぐに別々にされてしまいました」——後に恩師シュヴァルツにあてた手紙に、フランクルはそう書いている。『夜と霧』では生身の妻についてあまり語っていないが、回想録でフランクルは、ティリーがアウシュヴィッツに着いてなお陽気にふるまってみせたこと、そのティリーに別れ際に言い聞かせた「どんな犠牲を払っても生き延びるんだぞ、どんな犠牲を払っても」というメッセージに込めた真意を、語っている。

ふたりは、十月二十三日のティリーの二十四歳の誕生日を、アウシュヴィッツ＝ビルケナウで、別々に、迎えた。〈生涯忘れられないことがある〉と『夜と霧』につづった誕生日の出来事は、美しく切なく、胸にしみる。疲れて眠りこんでいたフランクルは、バラックの班長が部屋で酒盛りしているらしき物音や歌声で、目が覚める。

〈ふいにしんとしたと思うと、ヴァイオリンが限りなく悲しい、めったに弾かれないタンゴを奏ではじめた……ヴァイオリンは泣いていた。わたしのなかでも、なにかが泣いていた。この日、二十四歳の誕生日を迎えた人がいたからだ。その人はアウシュヴィッツ収容所のいずれかの棟にいた。つまり、ここから数百メートル、あるいは数千メートル離れたところ、わたしの手の届かないところに。そ

（『夜と霧』池田香代子訳）

の人とは、わたしの妻だった〉

それから二度と会えなかったティリーへの哀切な思いは、後にさまざまな人にあてて書いた手紙や詩に、くりかえし記されている。

『夜と霧』で、解放後の心理について、〈収容所で唯一の心の支えにしていた愛する人がもういない人間は哀れだ。ドアを開けてくれるはずの人は開けてくれない〉と三人称で書いていたのは、フランクル自身の体験だったのだろうということも、これらの手紙から伝わってくる。たとえば、ニューヨークの友人たちに手紙でこう伝えていた。

《私は〔一九四五年〕八月半ばにウィーンに戻りました。妻はまだウィーンにいませんでした。けれども次の朝、ある人が私に事実を話してくれました。彼女はベルゼンの収容所で亡くなっていたのです。二十四歳で。イギリス軍に解放された後のことだったようです。知られているように、あそこでイギリス軍は一万三千の死体に遭遇しました。そしてそれと同じくらいたくさんの人が、さらに解放後に死んだのです》

（一九四六年二月六日付書簡、全集第一巻）

ベルゲン＝ベルゼンは、第一章で触れた映画「夜と霧」に出てくる、裸の死体の山をブルドーザーで動かして巨大な穴に埋める、ぞっとする映像が、撮られた場所だ。それほどたくさんの人が亡くなって、なお衰弱した人たちが残されたのだ。

フランクルは母親に、テレージエンシュタットで別れを告げてきた。その母が、自分たちの後にアウシュヴィッツに移されて、ガス室でいのちを奪われていたことを知ったのも、解放された後のことだった。

二十一世紀になって私たちは、強制収容所や移送の記録を、さまざまな形で知ることができる。ベルゲン＝ベルゼンの犠牲者名簿「記憶の書」（二〇〇五年版）によると、妻のティリーことマティルデ・グローサー・フランクルは、ベルゲン＝ベルゼンで一九四五年四月十五日に解放されたが、そのまま五月に亡くなったようだ。死亡欄にあるのは「一九四五年五月　ベルゲン＝ベルゼン」だけ。日付はわからない。

また、ウィーンにある「オーストリアの抵抗の記録センター（Dokumentationsarchiv des österreichischen Widerstandes）」の犠牲者データベースで調べてみると、母のエルザは、フランクル夫妻の四日後の一九四四年十月二十三日に、テレージエンシュタットからアウシュヴィッツに送られていた。そして、イタリアに逃げ延びたはずの兄ヴァルター・フランクルとその妻エルゼことエリザベトは、フランクルたちよりずっと早い一九四四年一月三十日に、ミラノからアウシュヴィッツに送られていた。回想録によると、兄はアウシュヴィッツの支所に送られて鉱山で亡くなったらしい。

裸の実存

「シンドラーのリスト」などの映画やドキュメンタリーで、「死の門」と呼ばれるアウシュヴィッツの監視塔のゲートをくぐり抜けて、引き込み線に貨車がきしみながら到着する場面がある。あれがアウシュヴィッツの第二収容所ビルケナウの光景だ。広大な敷地のなかに三百以上のバラックと、四つのクレマトリウム（もとは火葬場を意味するが、ガス室と死体焼却炉を備えた複合施設のこと）があった。アウシュヴィッツはドイツのつけた名前で、もともとのポーランド名はオシフィエンチム。同様に、ビルケナウはドイツ語名で、ポーランド名はブジェジンカ。アウシュヴィッツ第一収容所から三キロほどのこの村に、一九四一年、効率的な大量殺戮のために建設された絶滅収容所である。

引き込み線の線路の先にあった二つのクレマトリウムの煙突が、移送された人々が降ろされたプラットホームからも見えたという。そのクレマトリウムは、いまは瓦礫となって、廃墟のような姿をさらしている。

第一収容所は、もとはポーランド軍の兵舎だったところ。一九四〇年にアウシュヴィッツ強制収容所とされて、最初はポーランド人の政治犯を収容した。煉瓦造りの建物が並び、いまは遺品や写真が展示されている。縞模様の囚人服の胸に、政治犯は赤い三角、同性愛者はピンクの三角、刑事犯は緑の三角……とマークをつけて識別された。ドイツ語で「ARBEIT MACHT FREI（働けば自由になる）」と描かれたゲートは、第一収容所の入り口にある。

第一収容所にも、クレマトリウムはつくられた。だが、第一収容所の死体焼却能力が一日三百四十体であったのに対して、一九四三年から四四年まで稼働した第二収容所ビルケナウの焼却場は、四つで一日四千体以上を焼却する能力があったという。それでも足りずに野外で遺体を焼いていた。その光景が、特別労働班の囚人が隠し撮りした写真にのこされている。

囚人たちは、近くのIG《イーゲー》ファルベン社の工場などにも働きに行かされた。一九四二年にはIGファルベン社の工場に、第三収容所モノヴィッツがつくられる。ブーナと呼ばれる合成ゴムをつくっていたことから、第三収容所は「ブーナ」の名でも呼ばれ、エリ・ヴィーゼルの自伝的小説『夜』に出てくる。あの「ブーヘンヴァルトの歌」の作詞家が、殴り殺された場所でもある。

アウシュヴィッツ近郊にはさらに、数十の小さな支所収容所がつくられて、鉱山や工場で囚人たちが働かされた。フランクルの兄は、その一つにいたのかもしれない。

さて、フランクルと妻のティリーは、『夜と霧』によると、ビルケナウに到着した日の夕刻には、すべての所持品を置いたまま貨車から降りるように命じられて、男女別々にされた。

運ばれてきた人たちは、その場で選別される。一列になった人の顔や体つきをナチス親衛隊の医師が一瞥《いちべつ》して、右へ、左へ、進むべき方向を手で示す。働けそうな人と、そうでない人つまりガス室へ送る人と。

伝記によるとフランクルは、『夜と霧』では明かさなかったが、医師に示された方向と逆の列に若い同僚がいるのを見つけてそちらへ歩いて行ったのだという。どうしてそんなことができたのかわからないが、ともかく、それでガス室送りを免れた。

そして、コートに入れていた書きかけの「医師による魂の癒し」の原稿も、身ぐるみはがれて、体じゅうの毛をそられて、シャワー室へと追い立てられた。はだかで、丸坊主。もう誰が誰だかわからない。それでもシャワーから本物の水があふれ出て、自分たちの幸運を悟った。

このときのことを、『夜と霧』でこう書いている。

〈シャワーを待っているあいだにも、わたしたちは自分が身ぐるみ剝《は》がれたことを思い知った。今や（毛髪もない）この裸の体以外、まさになにひとつ持っていない。文字どおり裸の存在以外のなにものも所有していないのだ。これまでの人生との目に見える絆など、まだ残っているだろうか〉（『夜と霧』池田香代子訳）

その夜、フランクルは、友人の行方を古参の囚人にたずねて、こう告げられる。友人はあなたとは別の列に並んだのか？　それならあそこだ。あそこから、お友達は天に昇っていっているところだ。

古参の囚人は、炎と黒い煙を噴き出す煙突を、指さした。

絶滅収容所アウシュヴィッツ＝ビルケナウにフランクルがいた日数は、全集第一巻の「生涯と業績」によれば、「四晩と三日」。『夜と霧』の読者の多くが思うよりは短いかもしれない。けれども、たった一日のうちにも、言葉に尽くせない体験をしたのだ。

「裸の実存」だけになったフランクルは、また行き先を告げられないまま貨車に詰め込まれて、今度は西へ移送された。ウィーンを通り過ぎて、着いたのは、いまのドイツ南部、バイエルン地方にあるダッハウ強制収容所の支所だった。

この地方に、戦闘機を製造する秘密の地下工場を急いでつくる計画が進んでいたのだ。その建設のために、多数の労働力が必要とされていた。

ダッハウの記録によると、十月二十七日に到着したフランクルは、119104という囚人番号をつけられた。

三十九歳のフランクルは、こうして、ただ番号で区別される、ひとりの労働者になった。

すでに連合軍はパリを解放していて、東からはソ連軍がドイツに迫っていた。十一月に、ガス室での殺戮は中止され、翌一九四五年一月、アウシュヴィッツ＝ビルケナウはガス室や焼却場などの証拠が破壊された後で、ソ連軍によって解放される。

しかしそのころフランクルは、バイエルン地方の凍てつく野外で、土木工事をさせられていた。

4　バイエルンの森

フランクルの道

バイエルン地方にあったテュルクハイム強制収容所にも、ついにアメリカ軍がやってきて、フランクルは一九四五年四月二十七日に解放された。

解放四十年の式典で、フランクルがあいさつしている。

《少し前に、私は八十歳になりました。四十歳の誕生日はテュルクハイムの強制収容所で迎えたのですが、誕生日プレゼントは、何週間もチフスに苦しんだ私の高熱が、初めてとれたことでした》（全集第二巻）

記念館があって多くの人が訪れるアウシュヴィッツのような強制収容所の跡とは違

って、このあたりにいま残るものは、ほとんどない。ほとんどないことは知っていたけれど、私は、この地を歩きたかった。

ドイツ南部の都市ミュンヘンから、西へおよそ八十キロ。訪ねてみると、テュルクハイム収容所があったというあたりは、雑木林と私有地になり、遠くにモミの森が広がっていた。

「ヴィクトール・フランクルの道」と一九九五年にテュルクハイム市が名づけた細い道の先に、小さな慰霊施設があった。柵に、「ヴィクトール・フランクルの道 99番地」のプレートがかけてある。落ち葉が降り積もった敷地の奥に小さな石のドームがあって、キリスト教の十字架とユダヤ教のダビデの星がつけてあった。

鉄道の駅には近いけれども、市街地からは離れている。人も車もほとんど通らなくて、静かだった。

テュルクハイム強制収容所が設けられたのは、一九四四年の十月。翌年四月に解放されたのだから、わずか半年だけ。約二千人の、小さな強制収容所だった。

一九九二年から二〇一〇年までテュルクハイム市長をつとめたジルヴェリウス・ビーラーを後で訪ねて聞いたところ、この場所でテュルクハイム市が大規模な追悼行事を開いたのは、一九八五年の解放四十年のときが初めてだった。次が一九九五年で、あとは五年ごとに開催するようになった。

「私はここで一九五二年に生まれました。私が若いころは、ユダヤ人や強制収容所のことにあまり関わりを持ちたくないというのが多くの人の気持ちでした。けれどもいまは私たち自身が開かれて、それについて話すことに問題がなくなりました。起きたことは、私たちの郷土の歴史の一部だし、カトリックやプロテスタントの人も毎年あそこで追悼をしています」

そうビーラーは私に語った。慰霊施設は、アメリカ軍が解放後に土地を接収して建てたもので、あそこは墓地ではないという。

「テュルクハイムの収容所にはガス室はありませんでした。ガスで殺されることはなかった。けれども、チフスがはやって大勢の人が死んだのです。そして森に埋められたのですが、どこに埋められたか、わからないのです」

このあたりには、第二次世界大戦も末の一九四四年になってから、十一の小さな強制収容所がつくられた。十一の収容所の中心地は、テュルクハイムから見れば東にあるカウフェリングやランツベルクのまちで、まとめてカウフェリング／ランツベルク収容所群とか、カウフェリング収容所群と呼ばれている。テュルクハイムにあったのは、第六収容所にあたる。

連合軍の爆撃で打撃を受けたドイツは、この地域に、上空からわからないように覆った戦闘機工場を急いでつくることにした。ドナウの支流であるレヒ川の周辺の砂礫層が、掘りやすいとみなされたらしい。そしてそのための労働力として、主にユダヤ人が連れてこられた。

これらカウフェリング収容所群を管轄するメインキャンプ(基幹収容所)が、ミュンヘン郊外のダッハウ強制収容所になる。ダッハウが管轄する収容所は、いまのドイツ南部からオーストリアにかけて、百くらいあった。

ヨーロッパに広がった収容所の位置を示す地図を見ると、「無数に」と言いたくなるほど、たくさんある。壁一面の大きな地図でも表しきれないほどに。まるでプラネタリウムの星のようだと私は思う。それを、日本にいるときには実感できなかった。

強制収容所と一口に言っても、年代により地域により、背負った役割は違う。このダッハウの収容所は、一九三三年、ヒトラー率いるナチ党が政権をとって最初に設けた強制収容所で、ナチに抵抗した政治犯が多数収容された歴史がある。

だから、取材で「強制収容所」と私が言うと、「私の祖父も政治犯としてぶちこまれたことがある」といった話が返ってくることが、たびたびあった。親族が強制収容所にいたという経歴は、「あいつは本当はユダヤ教徒じゃないか」「じいさんが収容所にいたそうだ。ナチ親衛隊として働いていたのではないか」と正反対の陰口にもつながったという。

いまは郷土の歴史の一部として受けいれている、とビーラーは言ったけれども、ナチス時代の話は、いまもそう簡単ではないようだ。

収容所で亡くなったユダヤ人の遺体が、森のどこかに埋められている。解放後も、家族を亡くしたり故郷で迫害されたりして、帰れないユダヤ人たちが難民となった。

そうした場所や記憶が、暮らしの足もとにある。

私は、アウシュヴィッツで、刈りとられた髪の毛や遺された眼鏡の山や、ガス室や、焼却場を見たとき、何かくっきり区切られた「人間悪の極限」を――これまで何度も読んだり見たりしてきたものを――自分の目で確かめたという感覚をもった。あまりに「極限の悪」なので、それをなした人たちに我が身を寄せて想像してみることは難しかった。

一方で、探さなければ強制収容所の痕跡は見えない、日常生活に「郷土の歴史」が溶け込んでにじんでいるバイエルンの森や、トウモロコシ畑や、だれかの庭の光景は、私の心の底にとても印象深く残った。事態が少しずつ進んでいくとき、自分はどうふるまえるだろうか……。それは目の前の、庭先の、出来事なのだ。

１１９１０４番の体験

『夜と霧』をフランクルは、「ただの１１９１０４番」の体験として書こうとした。その番号は、ここ、バイエルンに来たときに登録されたものだ。

フランクルは、アウシュヴィッツで妻と別々にされて、一九四四年十月、貨車に詰め込まれて西へ送られた。どこに行くのかわからない。ガス室のあるマウトハウゼン収容所ではなく、ダッハウの支所であるカウフェリング第三収容所に着いたとき、「ここはガス室がない」、それだけで仲間は笑い、氷雨のなかに立たされてもうれしかったと『夜と霧』にある。

カウフェリング収容所群は、死ぬまで働かせる強制労働収容所だ。ナチスドイツには「労働を通じて殲滅《せんめつ》する」という考えもあった。

フランクルが来る前は、働けなくなった者はアウシュヴィッツのガス室に送られたというが、フランクルが移送されてまもなくガス室が閉鎖されたため、送り返されることはなくなった。

とはいえ、戦争末期に急ごしらえでつくられた収容所は、ひどく粗末なものだった。写真を見ると、穴を掘って三角屋根をかけただけの細長い小屋。半分地下に埋まっている。屋根は土でおおわれ、草が生えている。写真と図解を見て、私は、弥生時代の竪穴《たてあな》式住居を連想した。

女性を収容したカウフェリング第七収容所の一部が残っていて、行ってみたのだが、やはり半地下構造で、こちらは蒲鉾《かまぼこ》型。壁兼屋根は、素焼きの瓶《びん》を接着してつくられていた。ここでどうやって、冬を過ごしたのだろう……。

後に訪ねたアウシュヴィッツ＝ビルケナウの、「家畜小屋のつくり」といわれる宿舎が、私には大きく頑丈に見えたほどだ。

いったいどんな暮らしだったのか聞きたくて、生存者を捜して、カウフェリング第一、第十一収容所にいたというユダヤ人、カール・ロームに、ミュンヘンで会うことができた。ロームは解放後もドイツに留まり、ドイツ女性と結婚した。

半地下の小屋は「寒くて、かなわなかった」とロームは言った。彼の語るところによると、現在のリトアニアのカウナスにつくられたユダヤ人ゲットーから、十八歳だった一九四四年七月に、父親と一緒にカウフェリングに送られてきた。はじめは小屋さえなくて、テントで寝た。服も靴もとりあげられて、縞模様の囚人服と木靴を渡されて、昼組と夜組に分かれて工場の建設作業をさせられた。

「囚人番号をもらうと、それで名前はなくなったようなものでした。バラックは、雨がふれば雨漏りするし、ストーブは一応あったけれど、燃やすものがなかった。下着もなくて、縞模様のあの服だけ。寒くて、セメント袋をとって体に巻き付けた人たちは、みつかるとむち打ちや絞首刑にされたのです。私も足にセメント袋を巻いたのがみつかって、『ドイツ国民の財産を盗った』と言われて食事を抜かれて、むち打ち十五回の刑になりました。気絶すると水をかけられる。むち打たれる回数を、囚人仲間が数えなければなりませんでした」

敵機が飛んできたときは空を見てはならず、地面に伏せさせられたが、空襲警報の時間が段々と長くなっていることに気がついたという。

ダッハウ記念館の資料などによると、カウフェリング収容所群には合計約三万人のユダヤ人が収容されたが、病気や栄養失調や過重労働のために、一万人以上が死んだ。

三角屋根の半地下の小屋がどのようなものだったか。このあたりの収容所を解放したアメリカ軍の活躍を描いたアメリカのテレビドラマ「バンド・オブ・ブラザース」（スティーヴン・スピルバーグ、トム・ハンクス製作総指揮）のＤＶＤで、見ることもできる。

もはやなにも残されていなくても

『夜と霧』のはじめの断り書きにあったように、まさにこうした小さな収容所が、絶滅の現場となったのだ。ガス室という殺人装置がなくても、たくさんの人が死んだ。けれどもこのひどい状況のなかで、いくつかの大切なエピソードがうまれた。

具体的にそれを教えてくれたのは、ランツベルクのギムナジウム（中高等学校）教師だったアントン・ポセットだ。ポセットは、「一心理学者の強制収容所体験」の一九七七年改訂版を読んで、フランクルに手紙を出した。この章のはじめに述べたように、一九七七年版はフランクルの言いたいことをぎゅっと詰めた本なのだが、それはウィーンではなく、ミュンヘンの出版社からまず出された。

「この本に書いてあるのは、うちの近くで起きたことだ」と、ポセットは確信したという。

その数年前に引っ越してきたポセットは、散歩していて、あちこちにユダヤ人の墓らしきものがあることに気がついた。「なんで？」と住民に聞いても、「知らない」という。生徒たちと調べ始めて、ひとつひとつ収容所の跡を解明していった。それがきっかけとなって、一九八〇年代はじめに「二十世紀のランツベルク　市民の会」をつくり、歴史の掘り起こしを始めた。

ランツベルクは、ヒトラーゆかりの地でもある。ヒトラーが生まれたのはオーストリアだが、ミュンヘン一揆が鎮圧されてランツベルクの刑務所に投獄されていた一九二〇年代に、『我が闘争』の口述筆記を始めたとされる。

第二次大戦後はそのランツベルクの刑務所で、戦犯の処刑が行われた。

「私の家は、刑務所と強制収容所跡のあいだにあるから、歴史の交差点に住んでいるようなもの。私は、ここで起きたことを、忘れないように残しておきたいのです」とポセットは言う。

そのポセットの「市民の会」の会報のために、フランクルは、「一心理学者の強制収容所体験」から、この地で経験したところを抜き出して伝えている。

それはとても美しい場面だ。

ひとつは、「もはやなにも残されていなくても」という小見出しがつけられたあたりの話。

夜明け前の、氷のように冷たい風のなかを、工事現場へ行進させられる。蹴りを入れられ、銃床で追いたてられ、ふらつきながら歩いていく。仲間がふと「ねえ、君、女房がおれたちのこのありさまを見たらどう思うだろうね……！　女房たちの収容所暮らしはもっとましだといいんだが」とつぶやいた瞬間、妻の姿がまざまざと浮かんだ。

その生死を知らなくても、妻と会話し、至福に満たされた。

愛は、生身の存在とはほとんど関係がなく、愛する人の精神的な存在、つまり本質に深くかかわっているということを、フランクルは知る。

〈わたしはときおり空を仰いだ。星の輝きが薄れ、分厚い黒雲《くろくも》の向こうに朝焼けが始まっていた。今この瞬間、わたしの心はある人の面影《おもかげ》に占められていた。精神がこれほどいきいきと面影を想像するとは、以前のごくまっとうな生活では思いもよらなかった。わたしは妻と語っているような気がした。妻が答えるのが聞こえ、微笑《ほほえ》むのが見えた。まなざしでうながし、励ますのが見えた。妻がここにいようがいまいが、その微笑みは、たった今昇ってきた太陽よりも明るくわたしを照らした〉

〈そのとき、ある思いがわたしを貫いた。〔略〕人は、この世にもはやなにも残されていなくても、心の奥底で愛する人の面影に思いをこらせば、ほんのいっときにせよ至福の境地になれるということを、わたしは理解したのだ〉

〈収容所に入れられ、なにかをして自己実現する道を断たれるという、思いつくかぎりでもっとも悲惨な状況、できるのはただこの耐えがたい苦痛に耐えることしかない状況にあっても、人は内に秘めた愛する人のまなざしや愛する人の面影を精神力で呼び出すことにより、満たされることができるのだ。わたしは生まれてはじめて、たちどころに理解した〉（『夜と霧』池田香代子訳）

もう一つのエピソードも、氷のように冷たい向かい風のなか、足の痛みに泣きそうになりながら、作業現場までの道をよろめきながら歩いて行くときの話だ。

頭に浮かぶのは、些細《ささい》な心配事ばかり。夕食のおまけはソーセージ一切れだろうが、パンと交換した方がいいだろうか、きょうはひどい監督の作業班に入れられて殴られるだろうか……。そして、四六時中こんなことに頭を悩ませるのはもうたくさんだ、と、フランクルは講演する自分を思い浮かべた。

〈そこで、わたしはトリックを弄した。突然、わたしは皓々《こうこう》と明かりがともり、暖房のきいた豪華な大ホールの演台に立っていた。わたしの前には坐り心地のいいシートにおさまって、熱心に耳を傾ける聴衆。そして、わたしは語るのだ。講演のテーマは、なんと、強制収容所の心理学。今わたしをこれほど苦しめうちひしいでいるすべては客観化され、学問という一段高いところから観察され、描写される……このトリックのおかげで、わたしはこの状況に、現在とその苦しみにどこか超然としていられ、それらをまるでもう過去のもののように見なすことができ、わたしをわたしの苦しみともども、わたし自身がおこなう興味深い心理学研究の対象とすることができたのだ〉（『夜と霧』池田香代子訳）

ポセットたちは一九八四年に、カウフェリング第三収容所の跡地に石碑をたてて、フランクルを招いた。フランクルは、あたりをポセットと一緒に歩きながら、「あの講演会のトリックは、第三収容所から第一収容所まで歩かされたときに考えたことなんだ」と話したという。

「フランクルさんは、ここでどのような屈辱を与えられたか、という話はしたがらなかった。『それはポセットさん、あなたが話せばいい。私は、意味について話したい』と言って。強制収容所で、もはやなにも残されていないときでも、生きる意味を見つけることができる、ということこそが彼にとって重要だったのだと思います」

ロッククライミングが好きだったフランクルの言葉を、美しい山の写真とともに収めた本『Bergerlebnis und Sinnerfahrung（山の体験と意味の経験）』に、こんな言葉がある。「輝ける日々——それが過ぎ去ったからといって泣くのではなく、それがあったことに、ほほえもう」、それがフランクルのモットーだとポセットはいう。

わずかにフランクルが語った苦労は……。トウモロコシ畑に向かう道をポセットと歩きながら、ふと思い出して、「この坂がツルツルに凍って、車を押すのが大変だったよ！」とフランクルは語ったという。その畑は、アメリカ軍が迫ってきたときに親衛隊員が火を放って逃げた第四収容所があった場所だ。

ポセットに案内してもらい、私も、その舗装されていない坂道を歩いた。坂というほどもない、私の足で四十歩ほどの、わずかな勾配だった。あたりは干し草と肥料のにおいがした。

ホフマン所長に感謝する

カウフェリング収容所群のなかでは、ぽつんと西へ離れていたテュルクハイム収容所で、フランクルは最後の二カ月を過ごした。ダッハウにのこる記録によれば、フランクルがカウフェリング第三からテュルクハイムに移されたのが、一九四五年三月八日。アメリカ軍に解放されたのは、四月二十七日だ。

伝記によれば、テュルクハイムに移される集団に付き添う医師として行ったのだが、まもなく自分も発疹チフスにかかった。テュルクハイムに戦闘機工場の従業員宿舎を建てることになっていたのだが、収容所にチフスが広がっていた。

そしてここで、重要な出会いがあった。

池田香代子の新訳『夜と霧』に、囚人のために自費で薬を買っていた収容所長を、解放後にユダヤ人の囚人たちがかばう話があった。

それは本当にあったことだった。

テュルクハイム収容所で起きた出来事で、所長の名前はカール・ホフマンという。ダッハウの記念館に、「解放された元囚人たちのグループ」だという男たちと、ネクタイ姿のホフマンが肩を組んだテュルクハイムの写真が展示されていた。説明文にはこうある。

《囚人たちの話によれば、ここでの扱いは、カウフェリング収容所群のほかの収容所に比べて、ましだった。親衛隊員である収容所長のホフマンは、比較的思いやりがあったといわれている。ホフマンは囚人を殴ることを禁止して、追加の衣服や食べ物を与え、自費で薬を買った。しかしながら、極度の疲労や、チフスなどの病気の蔓延により、数百人が死んだ》

アメリカ軍が来たとき、囚人たちは、この所長をはじめバイエルンの森に隠したという。『夜と霧』新訳には、次のように書かれている。池田が翻訳しながら、フランクルが初版になかった「ユダヤ」という言葉を使って加筆しているのを発見した、あの段落だ。

〈解放後、ユダヤ人被収容者たちはこの親衛隊員をアメリカ軍からかばい、その指揮官に、この男の髪の毛一本たりともふれないという条件のもとでしか引き渡さない、と申し入れたのだ。アメリカ軍指揮官は公式に宣誓し、ユダヤ人被収容者は元収容所長を引き渡した。指揮官はこの親衛隊員をあらためて収容所長に任命し、親衛隊員はわたしたちの食糧を調達し、近在の村の人びとから衣類を集めてくれた〉

（『夜と霧』池田香代子訳）

そのホフマン所長やテュルクハイム強制収容所について、地元テュルクハイムのギムナジウム元教師アロイス・エップレが、調べて本にまとめていた。ダッハウの記念館の展示写真と同じ服装のホフマンと元囚人たちの別の写真が、エップレの本『KZ Türkheim（テュルクハイム強制収容所）』に載っていた。ホフマンと元囚人たちが「テキサスから来たアメリカ兵」二人と一緒に写った「一九四五年の四月か五月」の個人蔵の写真だ。元囚人のうち二人は草地に寝転んでポーズをとっていて、明るい雰囲気。米兵の一人は笑顔にみえる。やせこけた死体の山の画像ばかり見てきた私には、意外な写真だった。

しかし、ホフマンの自由は短かった。

エップレを訪ねて話を聞くと、解放から二カ月ほどでホフマンは逮捕されたという。「SS（親衛隊）だったから逮捕されたんです。親衛隊員はみな自動的に逮捕されて、調べられましたから。ホフマンは、女性収容所で殺人にかかわったとしてミュンヘンの第一検察局に訴追されましたが、殺人の証人は現れず、逆に『いい人だった』という元囚人が五人いました」

ユダヤ人のために衣服を集めたり温かいスープをあげたりしていたテュルクハイムの住民にあてて、ホフマンは一九四七年に何度も手紙を出していた。

「私が収容所長として、していないことばかり、言われます」「自分から進んで強制収容所を管理したわけではありません。私はどんな時も人間的にふるまいました」「お前はユダヤ人に見捨てられたんだと言って、みんなが私のことをあざ笑います」

そんな言葉がつづられて、ユダヤ人の元囚人たちに手紙を書いて欲しいと住民に懇願していた。

それらの手紙や写真を、エップレはダッハウの記念館に寄贈したが、ホフマンの判決の記録はみつからなかったという。

親衛隊員は、戦後、どんな扱いを受けたのか。

ダッハウ記念館の資料によると、ダッハウ強制収容所は一九四五年七月にアメリカ軍の収容所にかわり、まず戦争犯罪の可能性のある者など二万五千人を拘束した。エップレが言うように、ナチ親衛隊員は自動的に捕らえられた。一九四五年秋からアメリカ軍によるダッハウ裁判が始まったが、ホフマンがここで裁判にかけられた記録はない。別の場所に拘束されたようだ。

戦犯裁判とは別に、やがて「非ナチ化」審査が始まった。ナチとの関係の度合いに応じて、職業の制限、財産没収、投獄などの処分を受けるのだ。ホフマンがフランクフルトの労働収容所から、テュルクハイムの住民に熱心に手紙を出していたのは、この非ナチ化審査の進行中だった。親衛隊員で収容所長だったホフマンが厳しい処分を免れるのは難しかっただろう。

「一九四四年の終わりには、もうドイツが負けることは認めざるをえない状況でした。敗戦が見えていたから、ホフマンは、ユダヤ人に親切にしたのではないでしょうか。よい人は収容所長にまでなりませんから」。エップレは、そう私に語った。

ホフマンが、その後どこで何をしていたかはわからない。時折、テュルクハイムを訪れて、住民に会っていったが、一九七三年ころに命を絶ったという。

亡くなる前の年にホフマンに会ったというテュルクハイムの宿屋兼食堂の息子、カール・フロンメルトに、電話で話を聞くことができた。フロンメルトは、収容所が解放されたときは十六歳の少年。ホフマンとは年が離れている。

「戦争中はお客さんだったし、ホフマンさんはうちの親父と気があったからね。最後に来たときも、昼ご飯を食べて、昔話がはずんで、『また来るよ』と言って機嫌良く帰っていったんです。だから、ホフマンさんが自殺したと、ここの司祭から聞いたときは、びっくりしました」

フロンメルトも、ホフマンは敗戦が見えてきたので段々と「いい人」になったような気がする、と言った。

一九八五年四月二十七日、テュルクハイムで解放四十年の式典が開かれたとき、はじめに書いたように、八十歳になっていたフランクルは招かれてスピーチをした。「人生のちょうど半分のときに私はテュルクハイムで再生できたのです」と語り、亡くなった仲間たちや、解放してくれたテキサス出身のアメリカ兵たち、テュルクハイムの市民への感謝を述べた。そして、(そのころかかわっていた)カリフォルニアの国際大学でロゴセラピーについて講義するときは、解放後にテュルクハイムで撮った写真のスライドを必ず見せます、と話した。

《そのときに私が最後に見せる写真があります。それは、鉄道の向こう側に住んでいる農家のご家族全員に家の前に集まってもらって撮ったもので、彼らは戦争末期に危険をかえりみずに、逃げだしたユダヤ人の少女をかくまいました。これは、戦争が終わった日から私が抱く深い信念を、すなわち集団的罪科がないということを示すためです。私の考えでは、派生的な集団的罪科がない、ということで、たとえば両親がしたこと、その前の世代がしたことについて何人も連帯責任を問われないということです。罪は個人的なものでしかありえません。誰かがしたこと、しなかったことや、またしそこなったことについてのみ、私たちは罪があるか、ないか、言えるのです》（全集第二巻）

さらにホフマンの名前をあげて、収容所長だった彼への感謝を語った。ホフマンが善いことをしたとしても、そんなものは例外だと批判する人がいるかもしれないが、善いことをする人はわずかしかいないのだと、スピノザの『エチカ』の締めくくりの言葉、「すべて高貴なものは稀であるとともに困難である」を引いて説いた。

《最後に感謝したい人がまだいます。亡くなられて私の感謝の言葉を聞くことができなくなった人で、テュルクハイム収容所のホフマン所長です。カウフェリング第三収容所から到着した私たちがボロ着を身につけて寒さにふるえていたときに、このような状態で私たちが送られてきたことを憤慨して怒鳴っていた彼の姿を、私は今でも眼前に見る思いがします。また後からわかったことですが、彼はユダヤ人の囚人のために自腹を切って薬を購入していました。数年前私は、当時の囚人を助けてくれたテュルクハイム市民を村の宿屋に招待させていただいたことがあります。ホフマンさんにも来てほしかったのですが、その少し前に亡くなっていたことが判明しました。みなさんもよくご存知の司祭から、ホフマンさんは死ぬまで自分を非難して苦しんでおられたと聞いています。私は自分が彼の苦痛をやわらげるために何もできなかったことを残念に思っています》（同前）

考えてみれば、強制収容所からの解放を記念した式典で、収容所長への感謝の言葉が一番くわしくて気持ちが入っているとは、奇妙なことだ。

解放五十年の式典のときは、フランクルは九十歳で、もう来られなかった。会場で解放四十年のフランクルのスピーチの録音が流されると、「ユダヤ人招待者がフランクルの話に怒って帰ってしまった」とエップレは言う。

ホフマンは、フランクルの信念の根拠ともいえる存在だった。

一九四六年の講演をおさめた『それでも人生にイエスと言う』にも、テュルクハイムの収容所長が、死んだ囚人たちを埋めた森で、上からの指示に反して、墓穴の後ろのモミの木の幹をはがして死者の名前を書いていた、という話が出てくる。

〈人間らしい善意はだれにでもあり、全体として断罪される可能性の高い集団にも、善意の人はいる。境界線は集団を越えて引かれるのだ。したがって、いっぽうは天使で、もういっぽうは悪魔だった、などという単純化はつつしむべきだ。事実はそうでなかった〉

（『夜と霧』池田香代子訳）

〈人間が「典型的な」何かであって、それ以外にはありえないというのはまったく真実ではありません。私が知り合った強制収容所所長はナチス親衛隊員でしたが、決して「典型的なナチス親衛隊員」ではありませんでした。彼は、自分のポケットマネーでひそかに収容所囚人のために薬を買っていたのです。しかし他方、私が同じ収容所で知り合った収容所最古参者は、自分自身囚人でありながら、囚人仲間を、しかも病気の仲間をも、さんざんに殴りつけていたのです〉

（『ロゴスと実存』『意味への意志』）

フランクルは、親ナチスだったわけではない。集団に「悪魔」のラベルをはって見ることを拒んだのだ。人間には、天使になる可能性もあれば、悪魔になる可能性もあって、同じ人のなかでも変わりうると考えていた。

ホフマンが聖人君子であることを期待したわけではないと私は思う。それでも囚人たちのために薬を買う、そういう態度をとることができた、その事実が大きかったのではないだろうか。

罪は個人に問うもの、という考え自体は珍しいものではない。そうであったとしても、フランクルの言葉は、〝派生的な罪〟を問われることをおそれる人たちには、ゆるしのように聞こえただろう。特にドイツでは。

「フランクルさんが集団的罪科を否定したことは、免罪符ではないのです。個人の罪は問題にする、ということだから」。そうポセットは話す。

「けれどもそれでフランクルさんは、いろんな人から非難されたのです」

フランクルは、難しい立場にいた。

5　サウナの記憶

本物の水が出た

家族にまだ会えた、テレージエンシュタット。

プロパガンダ映画の撮影が終わったとたんに送り出されて着いた、アウシュヴィッツ。ここで妻とわかれ、生死の選別を受け、身ぐるみはがれて「裸の実存」だけになった。

バイエルン地方のカウフェリング第三と、テュルクハイムでは、ただの「119104番」として、凍えながら土木作業をした。朝焼けのなかで妻の息吹を感じ、チフスの高熱のなか、失われた原稿を復元しようと努力して、意識を保った。そして、収容所長がポケットマネーで囚人のために薬を買っていたことを知る。

フランクルがいた四つの収容所の跡を、ウィーンで心理療法のクリニックを開くハラルド・モリは訪ねたことがある。

「彼自身のことを本当に理解したかったから」

一九六二年生まれのモリは、フランクルの最晩年の助手を務めた。もっとも、モリに言わせれば――そしてこれは衆目の一致するところでもあるのだが――フランクルの最強の助手で秘書でパートナーだったのは、戦後に再婚して半世紀連れ添った妻のエリーである。モリは、一九九〇年からフランクルが亡くなる一九九七年まで、講義の準備や、回想録を書くためにデータを集めるのを手伝い、医師である妻とともに体調維持も助けたという。

ふたりの年齢は、五十七歳違う。初めて会ったのは、一九八七年一月三十日の金曜日。モリはまだ二十代の医学生で、フランクルは八十代だった。

出会った場所は、サウナ。

「私のアパートの地下にサウナがあって、そこにフランクル先生が毎週金曜に来ると管理人に聞いたので、待っていたんです。私は好奇心いっぱいの学生でしたから」

「フランクル先生、突然すみません。質問があるんですけれど」と話しかけると、「じゃあ一緒に入ろうか」。裸になって、サウナに入った。

ウィーンにいた精神科医ジークムント・フロイト（一八五六～一九三九年）との交

流について、強制収容所について、ロッククライミングについて……。いろんな話を聞いて、モリは、サウナでロゴセラピーについて学ぶようになったという。

そのサウナはフランクルの家から近く、今は小劇場に変わっている。

「先生はあまりオープンな人ではないけれど、こういう突然の出会いは、むしろ好んでいました」とモリは言う。

「すぐに親しくなったわけではありません。先生が人生について幅広く語ってくれて、次第に深いかかわりができたのです。当時、たくさんの人が先生に会いたがっている状況を私はよくわかっていなくて、ある意味、純粋に好奇心をぶつけることができました。ひとりの人間としてのフランクル先生に興味を持ったのだと思います」

フランクルは、強制収容所で痛めた足をマッサージしてもらっていた。

古いそのサウナで、「アウシュヴィッツで最初にやらされたのは、全部脱いでシャワーを浴びること。本物の水が出てきたときは、ほっとしたよ」と話したという。

「何十年もたっているのに、まるで昨日のことのように話す様子が不思議で。びっくりしました」と、モリはふりかえる。

「苦悩を一生背負って生きたけれども、それを前面に出す人ではありませんでした。先生が強調したのは、それでも意味を見いだすことはできる、ということ。『それでも』がとても重要」

収容所生活の痕跡は、フランクルにも残っていた。フランクルは靴をひっくり返して、なかを確かめてから履いていた。収容所で靴のなかに小さな虫が入り込むことがあったので、ひっくり返してから履く習慣が身についた、とモリは聞いた。

あるとき、テレージエンシュタットでの体験を話してくれた。

テレージエンシュタットは「模範的なユダヤ人ゲットー」とされ、アウシュヴィッツに比べればまだ多少の自由がのこされていたが、近くにあった小要塞は、刑務所であり、さまざまなこらしめの場所としても利用されていた。そこにある日、フランクルは連れて行かれて、水を運んでは堆肥の山にかける、というおよそ意味のない作業をさせられた。監視人は、そのやり方が気に入らないと言ってフランクルを銃のようなもので突き飛ばして、殴った。あちこちけがして、引きずられるようにして戻ったフランクルを、妻のティリーが見つけて介抱した——彼女は看護師だったから。そして夜になると、ティリーは、ほかの棟で開かれていたジャズバンドのコンサートに連れて行ってくれた。

「これこそ、コントラスト！」

そうフランクルは言った。その話がモリは深く印象に残ったという。

回想録では、こんな風に綴られている。

〈午前の筆舌に尽くしがたいような拷問と、夜のジャズとのコントラストは、美しさと醜《みに》くさ、人間性と非人間性といったあらゆる矛盾をそなえもつ、われわれ人間の実存の姿を典型的に示すものであった〉

（『フランクル回想録』）

あのテュルクハイム強制収容所のホフマン所長のことも話に出たことがある。

「戦後、また会おうとしたのだけれど、もう亡くなっていて、再会はできなかった」、そうフランクルは話したという。

「ユダヤ人収容者のために薬を買っていたという話は本当でした。けれども、ホフマンの行為をよしとしたフランクル先生の考えを理解するのは、難しいことです。善いことをした人のことを、先生はよく覚えていましたけれど」

モリは、フランクルが自分で書いた本にはホフマンの名前を入れていないことに、私の注意を促した。確かに、インタビューやスピーチではホフマンの名前を出しているが、自分の本のなかでは「ナチス親衛隊員である収容所長」などと表現している。

なぜだろう。

一括判定の世界観

フランクルは、『一心理学者の強制収容所体験』(『夜と霧』)も、はじめは匿名で、囚人番号だけで出版しようとした。それに、よく指摘されることだが、自分の体験も第三者のように書いていることが多い。だれか特定の個人のこととしてではなく、普遍の人間の話として、示したかったのではないだろうか。

ただ、それはいずれにせよ、そう簡単には受けいれられなかった。地元ウィーンでも。

「ドイツ語圏、特にオーストリアのナショナリズムは複雑で、フランクル先生の考え方が最初から受けいれられたわけではなかったのです」とモリはいう。「『一心理学者の強制収容所体験』の英訳がアメリカで出版されて、大評判になって、そのあとドイツ語圏でも評価されるようになった経過があります」

フランクルは、第二次大戦の前から名の知れた医学者だったが、戦後いちはやく集団的罪科を否定したことから、ユダヤ人のなかでも反感を買った。他方で、「知らなかった」という人たちの問題に言及し、罪や責任を他人に、つまりドイツ人に、なすりつける人たちを批判した。

地元ウィーンでの一九四六年の講演で、こんな話をしている。

〈まさにここオーストリアでいつも体験することです。悪いことをした人を仲間うちで非難することはありません。まして自分自身を非難するなんてことはありません。「ドイツ人」を非難するのです。「ドイツ野郎を放免するな」というスローガンを唱えるのです。そして、そのとき気づかないのですが、そんなふうに非難することによって、一所懸命に否定しようとしていることを証明していることになっているのです。つまり、あいかわらず、ひとりひとりの人間を個人の罪で判定するのではなく、国民全体に対して共同の一括判定を下すような世界観の地平に立っているということです〉（『それでも人生にイエスと言う』）

ある集団――とりわけ、出生地や国籍など運命的なもので区分けされる集団――に「悪魔」のラベルをはって「一括判定」するのは、ナチスドイツの発想と同じなのだ。それを否定して、二度と繰り返さないようにするには、ラベルをはり返すのではなく、その発想から抜け出す――「悪をもって悪に報いるのではなく、悪を克服する」しかないと考えたのだ。

「非アーリア系の祖母がいる」という言いわけも結局は同じ土台の上にたっている、とフランクルは講演で指摘している。「非アーリア系の祖母がいるという言いわけ」とは、「私はそんなこと信じていなかった、私に非アーリア系の祖母がみつかったことが、その証明になる」という言いわけのことだ。

ただ、ナチスドイツの発想を否定するために、フランクルはこのような理念を唱えるようになったのだろうかというと、私はそうではないように思う。もともとフランクルは、患者として目の前にいる一人ひとりをみようとしていたのだと思う。ロゴセラピーは、強制収容所に送られる前から育まれてきた。人間の一回性と唯一性を主張するその思想からすると、集団にラベルをはって、「この集団の成員ならすべてよし」、あるいはその逆の「一括判定」をすることは、到底受けいれがたいことだったろう。さらに強制収容所のなかで、深淵の「人間らしさ」を見て、フランクルは見たものに忠実だったのではないか。

フランクルは、批判されても、かなり頑固に、主張を変えなかった。物議をかもしたことも少なからずあったようだが。

「どんな状況でも人生にイエスと言うことができるのです」という希望のメッセージも、癒しや励ましのおまじないではなくて、この章でしつこく述べてきたような苦悩を焼き尽くす状況のなかで、鋼《はがね》のようにして鍛えられた思想だった。だからこそ、心に落ちるのだろう。

そしてその底には、一人ひとりの人間が刻々と問われるものにこたえる責任がある、それができるのが人間ではないのか、という深くて重い問いかけが横たわっている。

第四章　ヴィクトールとエリー

「苦悩する人」の像。ヴィクトールが1946年ごろ古書店でみつけて、お金をためて買ったという。書斎の机の横にある〔河原理子撮影〕

1　ウィーン市民として、世界市民として

市庁舎前演説

一九九七年九月二日。ヴィクトール・フランクルは入院中のウィーンの病院で、九十二歳の生涯を終えた。一九〇五年に生まれて、二十世紀という時代を、ほぼまるまる生きたことになる。

折しも、八月三十一日にパリで事故死したダイアナ元イギリス皇太子妃のニュースで、日本もヨーロッパも、もちきりだった。

フランクルの家族は、ひっそりと埋葬を終えてから、その死を公表した。オーストリアの新聞プレッセは九月四日付の一面にフランクルの大きな写真を掲げて、長らく心臓を病んでいた彼が死を迎えたことを伝えた。一面の記事は、ウィーンの名誉市民であった彼の業績を記している。強制収容所を生きぬいたフランクルは、人間が生きる意味についての「ロゴセラピー」というテーマを深め、世界の二百九の

大学で講義し、二十八の名誉博士号を受け〔一大学は存命中に間に合わず、総計は二十九になる〕、その主著は九百万部発行されている、と──。

さらに三面に、長文の評伝を載せた。「ウィーンの人であり、世界市民だった人の死について」とサブタイトルが付いている。ざっと要約すると、こんな内容だ。

《フランクルは、刑務所で死刑囚と、生きる意味について話したこともある。強制収容所を生き抜いたフランクルは、すでに、静かに埋葬された。彼のような真の大人物は、派手な葬儀を必要としない。国を挙げての式典はなおさらだ。フランクルが最後に公の場に姿を見せたのは、七月。ヒラリー・クリントン〔当時はアメリカ大統領夫人〕を迎えての会食に、オーストリア大統領がフランクルを招いたのだ。

精神科医であり、哲学者であり、ロゴセラピーの創設者であるフランクルの名声は、誰にでもわかるシンプルな教えから成り立っていた。伝記によれば、彼は四歳のときに、いつか自分も死ぬのだと自覚して、それ以来、生きる意味への苦悩を抱いてきた。意味への問いに、彼は人生のすべてを捧げた。

彼は精神科病院で働き、自分のクリニックも開いたが、一九四二年には医師として働き続けることが不可能になり、家族ともどもテレージエンシュタットの収容所へ送られた。それから、自分の父、母、兄、最初の妻を失った。しかし彼は生き抜いた。そして、多くの人がとんでもないと思うようなことを言った。父を最期までみとることができて自分はもっともすばらしい時間を過ごした、と。そして、強制収容所でのすべての苦しみにもかかわらず、「私はいったい誰を憎めばいいんだ」とフランクルは問うた。自分が知っているのは犠牲者だけで、加害者を知らない、と言ったのだ。フランクルのもっとも知られた演説は次のようなもので、しばしば誤解された――人間にはただ「品性のある人種と品性のない人種」のふたつがあるだけで、品性のある人は少数だったし、これからも少数派にとどまるだろう、そして政治体制がならず者を押し上げて権力の座につければ、どんな国でもホロコーストを起こしうる。

フランクルは生きる意味について三十冊の本を書き、アメリカでは『一心理学者の強制収容所体験』は世界をもっとも変えた十冊の一つに選ばれた。〔アメリカの議会図書館と「今月の本クラブ」会員が選んだ「もっとも影響力のある本」ベスト10に入った＝一九九一年十一月二十日付ニューヨークタイムズ〕

しかし故郷ウィーンでの状況は、はずかしいものだった。彼の親しい友人たちは彼が亡くなってから沈黙を破って、フランクルの家のドアに落書きされたハーケンクロイツ〔ナチスの鉤《かぎ》十字のマーク〕を一度ならず消したことがあると語った。年とった夫妻がそれを目にすることがないようにと……》

記事に出てくる「フランクルのもっとも知られた演説」とは、オーストリアがナチスドイツに併合されて五十年にあたる一九八八年三月十日、ウィーン市庁舎前広場で開かれた記念式典で、フランクルが行った追悼演説のことだ。大衆紙ノイエ・クローネン・ツァイトゥングも訃報でこの演説にふれて、「強制収容所での過酷な歳月にもかかわらず、フランクル教授は人類愛と和解を求めた。市庁舎前広場の演説で『すべての死と違いを超えて手をさしのべ合おう』と語った」と記している。

この演説の原稿が、フランクルの全集第二巻に収録されている。

まず「テレージエンシュタット収容所で亡くなった父を、アウシュヴィッツ収容所で死んだ兄を、アウシュヴィッツ収容所のガス室で殺された母を、ベルゲン＝ベルゼン収容所で命を失った最初の妻を、私といっしょに追悼してください。私の発言に憎悪を聞きとろうとなさらないでください」とフランクルは聴衆に呼びかけている。そして、続けた。

「考えてみてください。いったい私は誰を憎んだらいいのでしょうか。私が知っているのは犠牲者です。加害者は知りません。少なくとも個人的に知っているわけでありません。私は、集団に属するために誰かを有罪とすることに反対します。これは私が強制収容所から解放された日から言い続けていることです。当時、公的に集団的罪科に異議を唱えることは、嫌われ者になることでした」

アメリカに六十三回行って「なぜ亡命しなかったのか」「戦争が終わってからでもアメリカに移住すればよかったのに、ウィーンでひどい仕打ちを受けて」と言われたけれど、オーストリア人が私を愛しているからではなく、私がオーストリアを好きだから、いつも戻ってきたのですと語った。ウィーンには、危険をかえりみず、いとこをかくまってくれた人や、食糧をまわしてくれた人たちがいたのです、と。「こういう人たちも住むウィーンに私が帰るのは、当然のことではないでしょうか」

人間には二つの種族しかない、そしてその分け目はあらゆる集団を貫いているという話は、まさにくり返しくり返し語ってきた、フランクルの信念だ。

《ナチズムは人種的狂気をひろめました。けれども、本当に存在するのは二つの「人種」だけです——品格ある人たちと、そうでない人たちと。この「人種」の分け目は国際社会にも、また国内の政党の間にもあります。強制収容所のなかでも、ときにはちゃんとした親衛隊員に出会うことがありましたし、またならず者の囚人もいたのです。ちゃんとした人たちが当時少数だったこと、またいつもそうだったこと、これからも少数派にとどまることを、私たちは受けいれるしかありません。事態が危険になるのは、政治体制が国民のなかからならず者を選んで上に行かせてしまうときです》

（"In Memoriam 1938" 全集第二巻）

「だからあえて言う。どこの国だって、別のホロコーストを引き起こす可能性があるのです！」。市庁舎前広場を埋めた聴衆に、フランクルがこぶしを握りしめて熱弁をふるう場面が、孫のアレクサンダー・ヴェセリーが制作した映像ドキュメンタリー「Viktor & I（ヴィクトールと私）」（二〇一一年）にも出てくる。

おじいさんは、どんな人？

「幸運なことに、祖父はメディアの発達した時代に生きていたから、私たちは映像を通じて、祖父の考え方を肌で感じることができます」

ウィーンにアレクサンダー・ヴェセリーを訪ねると、彼はそう言った。私がアレクサンダーに会ったのは、二〇一〇年の秋。彼はちょうど、「Viktor & I」の編集作業中だった。

映像作家であるアレクサンダーは、物理学者の父親フランツ・ヴェセリーとともに、フランクルの膨大なプライベート・アーカイブスの整理をしてきた。世界各地での講演や、テレビのインタビューの映像が、山のようにあるのだ。

「これを整理して、世界に広められるものにまとめたらどうだろう？」

生前、祖父に提案すると、祖父は了承したが、「高いものじゃなくて、みんなが手に入れやすいように、学生や興味をもった人が見られるようにしてほしい」と条件をつけたという。

少しずつ整理が進んで、いまや一九六〇年代からの北米、南米、南アフリカなどでの講演やインタビューの動画が、ヴィクトール・フランクル研究所のウェッブサイトで見られる。この研究所は、家族や研究者が一九九二年にたちあげたものだ。ウィーン市の援助を受けながら、フランクルに関する情報や、著書の翻訳状況などをサイトで公開している。

それとは別に、アレクサンダーは二〇〇八年ごろから、祖父と親しく接した人たちを世界各地に訪ね、改めて話を聞いていった。

「なんでおじいさんの映画をつくらないの、と言われていたのだけど、あまりに膨大な記録があったから、どこから手をつけていいか、わからなかったんだ」

そうして得たインタビューに、過去の映像をはさんで八十分におさめたのが、「Viktor & I」だ。個人的に撮り始めたが、アメリカの精神科医の会議で見せたら大きな反響があったことから、英語圏の人を対象にしたDVDにまとめたという。

インタビューに応じたのは、家族を含めて二十六人。オーストリア、アメリカ、カナダ、アルゼンチン、メキシコ、イスラエル、イタリアなどの心理学者や、医師、宗教家、作家、趣味の登山や航空機操縦の仲間が、もうこの世にいないヴィクトールについて語る。日本人では心療内科医の永田勝太郎が出ている。

フランクルが、ウィーンで、シカゴで、アウシュヴィッツで、エルサレムで、歩き、語り、小さな孫たちとふざける映像をはさみながら、彼の人生を追った作品だ。一九六九年の國學院大学での講演らしき教室の写真も、ほんの一瞬映る。

「祖父が亡くなったとき、僕はまだ二十三歳でしたから。親しかったつもりだったけれど、知らない面がありました」

　そうアレクサンダーは言う。世界に受けいれられたユニバーサルな存在だった祖父は、いったい本当はどんな人間だったのか。焦点を彼の人間像に絞って、二年あまり取材を重ねた。

　孫から見たフランクルはどんな人だったのですか、と聞くと、

「子どものように無邪気でユーモアたっぷりで、日々の暮らしのささいなことに喜びを感じられる人。それと同時に、深く考え抜いて、真実を追究した人でした」と答えた。

　親しかった人たちを訪ねて話を聞くうちに、改めて見えてきた祖父の姿があった。

「彼は、本気で真実を追究していました。みんなに納得されなくても、自分の見た真実を貫いて、社会がどうあるべきかを説いていたのです」

　祖父は自分の考えを説明し、わかりやすくあろうと努めていたけれども、複雑なところがあって、深く理解していた人は驚くほど少なかった。「祖父はたぶんに誤解されていました」とアレクサンダーは言う。

「人間は善人にも悪人にもなるのだという真実に、彼は忠実であろうとしました。集団の罪を否定し、罪は個人に問うものだと主張しました。それがナチスをゆるしたも

のと誤解されて、反発を受けたのです。しかし、集団に罪を着せれば歴史を繰り返す、と祖父は考えていました」

感受性の高い友人たちに取材するうち、アレクサンダーは気がついたのだという。

「祖父は表に出さなかったけれど、誤解されたことに傷ついていたのだと、わかりました」

「Viktor & I」は、特別な作品だ。その後、完成したDVDを取り寄せて、私も見た。親しかった人たちが、孫であるアレクサンダーに「ヴィクトール・フランクル」を語る。そこにはとても、思いがこもっている。

たとえば、こんなエピソードが語られる。

ナチ党員だった過去が問われて失職した人に、ヴィクトールは病院の仕事を世話した。その人は「決して忘れない」とそれから半世紀、フランクル夫妻にクリスマスの花を贈り続けた。

強制収容所で、実は、「妻はまだ生きている」という秘密のメッセージを受け取っていて、妻も母も大丈夫だと、ヴィクトールは思っていたという。ウィーンのレストランで作家に当時のことを聞かれて、「母がアウシュヴィッツのガス室のほぼ最後の犠牲者となったことを知ったとき、ガス室で死ぬっていったいどういうことか、考えたんだ」と話しながら、ヴィクトールは泣き出した。

最初の妻ティリーが死亡したベルゲン＝ベルゼン収容所で、ティリーと一緒だったというブラジル在住の女性が、アルゼンチンの講演会にやって来た。そして主催者に、こんな話を伝えた。「ティリーは『ヴィクトールはきっと生き延びる。だって、彼はここが飢えているから』と言って頭を指さし、『そしてここは飢えていないから』といって胃を指さした」。食べ物も水もほとんどなかったベルゲン＝ベルゼンの最後の状況はあまりにむごくて、主催者は聴いた話すべてをヴィクトールに話すに忍びなくて、妻のエリーにだけ伝えた。

地球のあちらこちらで、時間を共にした人たちの心にのこっているヴィクトールの姿が、多面体となって現れる。

もう一つ、インタビューを通じて祖父の宗教観が見えてきた、とアレクサンダーは言う。

記憶のなかの祖父は、ユダヤ教徒としての自分を前面に出すことはなかった。

「一つの神を信じることを強調するのではなく、祖父は、ユダヤ教徒として自分が生まれ育ったところのものを信じていました。ユダヤ人としての自分の存在を信じる、という形の宗教観をもっていたのだと思います」

再婚相手のエリーはカトリックだった。「けれども、だから、祖母がカトリックでも、二人のあいだでは全然問題なかったのです」とアレクサンダーは私に言った。

これについても、「Viktor & I」の最後の方で、フランクル夫妻の伝記の筆者であるアメリカの心理学者ハドン・クリングバーグ・ジュニアが、語っている。

宗教の違うヴィクトールとエリーは、別の墓に入ることになる。それについてクリングバーグがインタビューの際に、「お二人は、別々に生まれて、受けた教育も違うし、最後にまた別々になるんですね」と言うと、ヴィクトールはこう答えたという。

「どんなことも、私たちが共に過ごした人生を、私たちが共になしとげたすべてを、私とエリーから奪うことはできない。私たちは決して、別々になることはないんだ」

傍らで聞いていたエリーも言った。

「ええ、まったくそのとおり」

2　ふたりが過ごした時間は消えない

ウィーンの総合病院がかつてあった場所の近くで、エリーはいまも暮らしている。

「フランクル先生はとても質素な生活をしていた」

そう日本で聞いていたとおり、石造りのアパートにある夫妻の住まいを訪ねると、物が少なくて整頓されていた。

玄関ドアの内側の柱に、小さな金属の飾りのようなものがついていた。ユダヤ教徒が家のドアポストにつける「メズザ」と呼ばれるもので、家に入るたびに手で触れるのだと、フランツ・ヴェセリーが教えてくれた。聖書の一節が書かれた小さな羊皮紙が、このなかに収められているらしい。

信仰は、たしかに日々の暮らしのなかにあったのかもしれない。

ヴィクトール亡き後も家族と親しくつきあってきた永田勝太郎が、二〇一〇年に日本にエリーを招こうとしたが、八十五歳になるエリーは、もう長時間のフライトには耐えられないといった。

体調を気遣いながら私はウィーンにエリーを訪ねたのだが、エリーは夫ヴィクトールの話になると、話し続けて止まらなかった。

「私は貧乏に生まれて自分のベッドもなかったのに、彼と世界中を回ったの！　休むことも知らずに、世界のいろんなところに行って。それは、すばらしい体験でした」

一九四七年に結婚したふたりは、一九五四年にアルゼンチンなどの大学に招かれたのを手始めに、さまざまな国へ講演に出かけるようになった。秘書役でもあったエリーは、「まるで双子みたいに」ほとんどのところへ一緒に行った。いつどこで何があったか、とてもよく覚えている。

自宅の一部屋は資料室になっていて、壁を、南米やアメリカの大学や研究所からの表彰状が埋め尽くしていた。

「南米では彼の教えがすごく広まっていて、講演会に立ち見が出るほど。ヴィクトールに会うために、自分の血を売ってバス代にして来た人までいたの！」

「ロシア語では、昔は薄紙にタイプで打った私家版の翻訳が出まわっていたそうで、ゴルバチョフはそれを読んだと言っていた」

ミハイル・ゴルバチョフとは、彼がソ連共産党書記長だった一九八六年に会ったという。

レモンイエローのスーツに身を包んだヒラリー・クリントンと握手する写真もあった。亡くなる二カ月前の一九九七年七月、ヴィクトールが最後に公の場に姿を見せたときのものだ。アメリカ大統領夫人だったヒラリーがウィーンを訪問したとき、オーストリア大統領と一緒に会ったのだ。ヒラリーのリクエストだったらしい。

「ヴィクトールが亡くなった後、彼女から、とても心のこもった手紙をもらいました」

ドイツの哲学者マルティン・ハイデガーとも親しかった。一緒に撮った写真が何枚もあり、ハイデガーがカフェで綴《つづ》ったメモも額に入れて飾ってあった。

「私、ハイデガーとタンゴを踊ったこともあるのよ」

ナチ党が政権をとった一九三三年にフライブルク大学の学長となり入党した過去のあるハイデガーとの親交は、批判の種になった。しかしエリーも、ヴィクトールの信念を共有した。

「でもね。この壁を飾るあらゆる栄誉のなかで、ヴィクトールにとって一番大切だったのは、六十代で取ったソロ・パイロットの免許状。飛行機の操縦資格を取るのに夢中で、私を夜中に起こしては、どんなことを勉強しているのか一生懸命に説明してくれてね」

エリーの部屋には、浮世絵、武者人形、漆塗りの時計……。日本からのお土産が、小さな部屋にきれいに飾ってあった。

「日本からは、専門家ばかりか、普通の人たちが、『いったいフランクル先生はどんな人なのだろう』と訪ねてきました。深い友情を結んだ人は少なかったけれど」

同じアパートに、ヴィクトール・フランクル・センター・ウィーンがある。こちらは二〇〇四年に、ロゴセラピストたちがフランクルの思想を普及させるための教育研究機関として設けたものだ。ちょっとしたセミナーハウスのようになっていて、一般市民や学生たちに「生きる意味」に目を向けてもらうためのセミナーも開いているという。

センター入り口のガラスケースに、ヴィクトールの生涯の、いくつかの大切なものが、飾ってあった。

テレージエンシュタットの土と、『一心理学者の強制収容所体験』のドイツ語初版本。本といっても厚さは五ミリほどで、冊子のようだ。口述筆記に使ったカセットテープレコーダー。そしてヴィクトールとエリーの写真。大学の名誉博士号を授与されて涙を流すエリーの頬《ほお》に、キスするヴィクトールが写っている。一九九三年、シカゴのノースパーク大学での出来事だ。

伝記やアレクサンダーの「Viktor & I」によると、ハドン・クリングバーグ・ジュニアが自分の教えていたこの大学の学長に、共に歩んできたフランクル夫妻に名誉博士号を授与することを提案したが、ヴィクトールが「エリーだけに栄誉を与えて欲しい」と望んだ。このときヴィクトールは既にほとんど目が見えなかったが、ローブをまとった壇上のエリーのところへ舞台袖からまっすぐに歩み寄ってキスしたのだ、とクリングバーグは語っている。

その帰りに夫妻は日本に寄って、東京などで講演した。これがヴィクトールの最後の来日講演になった。

国境、宗教、人間のさまざまな「分け目」を超えて生きようとしたヴィクトール。そのめまぐるしい活動の痕跡が、自宅の資料室や、フランクル・センターにのこされている。一方、自宅の書斎兼寝室は、彼の内心の砦《とりで》のように、私には感じられた。

そこで感じられたものは、かなしみ、いつくしみ、失われてはならない記憶。

書斎には、ベルゲン＝ベルゼン収容所で亡くなった最初の妻ティリーの肖像画や、永田勝太郎が「フランクル先生が、忘れないために飾っていると言っていた」と話していた棺の絵が、かけてあった。

白っぽい棺が十ほど建物の前に並ぶ絵で、テレージエンシュタット収容所にいた画家オットー・ウンガーが、収容されていたときに描いたものだ。第三章で述べたように、テレージエンシュタットでは、さまざまな芸術活動が行われていた。ウンガーはその代表的な画家の一人である。

エリーが棺の絵を解説してくれた。

「ヴィクトールは、病死した父親をこの棺にいれて葬ったのです。棺はリサイクルして、また使われました。そしてアウシュヴィッツに送られる前に、ヴィクトールはこの建物で母親に別れを告げました。それがお母さんに会えた最後になりました」

机の横の本棚には、身もだえするような〝苦悩する人〟の像。もともとの作品名はわからない。けれどもそれはどう見ても「苦悩する人」なのだ。一九四六年ごろ購入したものだという。

「ヴィクトールがこの像に心ひかれて、買ったの。高価なものではなかった」

別の部屋には、ヴィクトールが好きだったというエゴン・シーレの素描が、あった。

「一枚だけ本物で、あとはレプリカ。これも、一枚何シリングだったか、まだ安かったころに買ったもの」

スペイン風邪のため二十八歳で死んだシーレ。グスタフ・クリムトとともに二十世紀初めのオーストリアを代表する画家だ。どうしようもなく孤独で、生きるかなしみが骨の髄までにじんでいるようなシーレの絵が、私も好きだ。

エリーが初めてこの家に足を踏み入れたのは、一九四六年の春。歯科助手として働いていた小さな病院ポリクリニックで、医師のヴィクトールと知り合った。歯科のベッドが足りなくなって、神経科のドクター・フランクルのところへ「術後の歯科の患者にベッドを使わせて下さい」と頼みに行ったのが、始まりだった。エリーの瞳の輝きに魅せられたヴィクトールが、やがて自宅に招いたのだが、「毒蛇をホルマリン漬けにしたので見に来ないか」と声をかけたのだ、と伝記にあった。

「毒蛇を見に来ないかと誘われたんですって?」と私がたずねると、「ああそう、それは本当のこと」とエリーは言った。家に誘われたといっても、住宅難の当時は「ここに十八人も住んでいたから。なんにもなくて、ちゃんとした窓ガラスもなくて、床に座って話したの」という。エリーは二十歳、ヴィクトールは四十一歳だった。

ヴィクトールは亡くなる前に、『苦悩する人間』の本にエリーへのメッセージを書きこんでいた、というエピソードが伝記に出てくる。

〈エリーへ　あなたは、苦悩する人間を愛する人間に変えてくれました〉

その書き込みをエリーは、ヴィクトールの死後に見つけたという。

私はエリーに聞いた。

彼は苦悩する人だったのですか？

エリーは遠い目になった。

「私たちが出会ったとき、彼は二冊の本を書き上げたところで、生きる意欲をなくしていました。私たちは、食べるのも忘れて語り合って、彼は自分の苦悩を話してくれたのです。私は彼の話に打たれて、この苦悩に満ちて悲しそうな人をどうやって救い出そうかと考えました。私たちはふたりとも貧しかったけれど、私は若くてエネルギーに満ちていたからね。でも彼は一通り話した後で、終止符を打つように、『もうこれで話した。すべて終わりだ』と言ったの」

ヴィクトールは『医師による魂の癒し』と『一心理学者の強制収容所体験』を立て続けに仕上げた後だった。『医師による魂の癒し』は、書きかけの原稿をアウシュヴィッツで奪われて、テュルクハイム収容所でチフスの高熱にもうろうとしながら、小さな紙にこの構想を書くことで生き抜いた、彼の原点だ。解放後の失意のなかで、周囲の勧めを受けて、大学教授資格を得るために書き上げた。

しかし、彼にしてなお、書き上げてしまったら、もう自分を待っているものは何もないように思えたのだ。ヴィクトールが強制収容所から解放されて、ちょうど一年だった。

「戦争を体験していない人には、あのころのことはわからないかもしれない」とエリーが言った。「私も、爆撃されて埋まった子どもたちの遺体を掘り出したことを覚えています」。

たくさん愛して、苦悩を苦悩して、「意味」を語り、集団的罪科を否定して頑固なまでに信念を曲げず、飛行機を操縦して、ロッククライミングを楽しんだヴィクトール。

ヴィクトールはどんな人でしたか、とたずねると、エリーは、「誠実な医師でした」とシンプルに答えた。

「彼は、自分の治療を受ける人に誠意を尽くして、すべてを与えました。私はいろんな医者を知っているけれど、それはふつうのことではありません。医者は本来どうあるべきか、その姿を映しているように、私には思えたのです」

第五章　本がよみがえるとき

エリーの部屋に飾られたヴィクトールの写真。銀の写真立てに、エーデルワイスの花が一輪はさんであった〔河原理子撮影〕

1　心のあやに気がつく

中央墓地の十一番ゲートから、左へ二十メートル行って、右へ十メートル。古いユダヤ人墓地の一角。

フランクル研究所のサイトにあった短い道案内を頼りに、私は新聞連載を終えた二〇一一年の夏休みに、再びウィーンを訪ねて、フランクルのお墓参りをした。

広くて人の少ない墓地の、書いてあるとおりの場所に、質素なお墓があった。フランクルの母方のリオン家の墓だという。

エルザ　ガブリエル　ヴァルター　エルゼ　を悼んで

正面に、そう刻んであった。エルザはフランクルの母、ガブリエルは父。ヴァルターとエルゼは兄とその妻。みな、強制収容所で亡くなっている。そして一番下の石に、フランクルの名前と生没年月日だけ刻んだプレートが付けてあった。ユダヤの習俗に従って、訪れた人たちが置いた小石が積み上げられていた。

花を一輪供えて、報告をした。

私は日本の新聞記者で、昔、あなたの本を読みました。それからずいぶん長い時間がたって、今年、あなたに関する連載を書きました。もうこの世にいない人を含めてたくさんの人が、あなたの本を読み継いできたことが、改めてわかりました。新聞連載には、ずいぶんいろいろな人が感想を寄せてくれて、「いまだからこそ」と書いたものもありました。この春、日本は、大震災と津波と原子力発電所事故に見舞われたのです。


昔読んだ本の表紙にあった名前が、三十年後にひとりの人間の名前として立ち上がり、その人のお墓の前に立っている、というのは何かしら奇妙な感じだった。

「学生時代に読んで感激した本だったんでしょ？　フランクルは」と、よく言われるというのも……。

のだが、事実はそうではなかったから。


これまでの人生で、歳月を経てくり返し読んだ本が、私には三冊ある。

一冊目は、サン゠テグジュペリの『星の王子さま』（内藤濯訳、岩波書店）。

はじめて読んだのは、小学校二、三年生のころだと思う。サハラ砂漠で飛行機が故障した、飛行士の、ぼく。「ヒツジの絵をかいて！」と現れた、ちいさな王子さま。静かな、不思議な雰囲気の話と絵にひかれた。おとなはみな昔は子どもだったのに、それを忘れてしまう、という話や、象をのみこんだウワバミの絵が、子どもにはわかるけれども、おとなには帽子にしか見えない、という話に、子どもとして共感したように思う。

再び好きになったのは、高校時代。仲よくなったキツネと王子さまが別れるとき、キツネが言う。「きっと、おれ、泣いちゃうよ」。それじゃあ何もいいことはないじゃないかと言う王子さまに、キツネは反論する。「いや、ある。麦ばたけの色が、あるからね」。麦ばたけは王子さまの金色の髪の思い出だ。王子さまと出会う前は何の意味も持たなかった麦が、キツネにとって大切なものに変わる。そんなエピソードが好きになった。

記者になってからも読んだ。駆け出しのころは家に帰るとへとへとで、干からびた雑巾になった気分だった。そんな日々のなかで秋、黄金色の一面の稲穂を見て、王子さまの髪の色を思った。

子どもが生まれて保育園に通うようになってからは、園庭でトマトの苗に水をやる息子を見て、バラの花に水をやる王子さまを思った。五千の美しいバラではなく、たった一輪の高慢ちきなバラがかけがえのないものになったのは、王子さまが自分で水をやり、覆いをかけ、自慢話も聞いてやって、「そのバラの花のために、時間をむだにしたから」だとキツネが教える。

二冊目は、ヘルマン・ヘッセの『デミアン』(高橋健二訳、新潮文庫)。

少年シンクレールが、異質の、そして異教徒らしき転校生デミアンに導かれながら、もうひとりの内なる自分を掘り下げていく物語だ。最初に読んだのは、高校一年の秋。シンクレールが受け取った手紙に書かれていたデミアンからのメッセージに、強烈に惹《ひ》かれた。

〈鳥は卵の中からぬけ出ようと戦う。卵は世界だ。生れようと欲するものは、一つの世界を破壊しなければならない。鳥は神に向って飛ぶ。神の名はアプラクサスという〉

第一次世界大戦直後に書かれたこの小説の切迫感を、理解したとはいまだに言えないが、何年かに一度、強烈に読みたくなる。

三冊目が『夜と霧』なのだが、読み方が前の二冊と違った。

最初に読んだのは、大学時代。一年生か二年生だったから、十代終わりだ。一九七九年か八〇年。それこそ、大学生たるもの読まねばならない必読書として手にとったのだが、ナチスドイツの蛮行の証拠のように付けられた写真が怖くて、強烈すぎて、本文はほとんど理解できなかった。読み返すようになったのは、ずっと後……。

そういう風に、聞かれれば説明してきた。新聞連載を書いているあいだもそう思っていた。

ところがあるとき、学生時代の読書ノートを見つけて、読み返してみると、『夜と霧』の記録はどこにもなかった。そのころ私は心理学に関心を持つ学生で、ノートにはそれらしき本の感想が、あれこれ書きつけてある。それなのに……。

大学生協の二階にあった書籍部の、どのコーナーで『夜と霧』の本を手にとったかも、覚えている。そこで本を開いて見たことも。

いったいどういうことなのか。私は本をぱらぱらめくって、死体の山や、人間の首が「飾り物」にされた写真を先に見て、一瞬周りの光景が消えるほどのショックを受けた。それは覚えている。それから本文を見たものの、およそ頭に入らなかったのだろう。「こんなひどい目にあったのに、この人はなぜこんなに淡々と書いているのだろう」と解せなかったことを記憶している。そして読み通せないまま本を閉じたのではないだろうか。読了すれば、わからなくてもノートに書いていたから。つまり、およそ「読んだ」とは言えない程度の読書体験だったのだ。

『夜と霧』の本は大学生の私に強烈な印象をのこした。けれどもその強烈な印象は写真によるもので、フランクルが書いた本文に感銘を受けたわけではなかった。いま思えば、「アウシュヴィッツ」に象徴されるユダヤ人などの排斥と虐殺の現実の一端を知っただけだった。

読み返すようになったのは、それから二十年近くたってからだと思う。いつのことか、はっきりしないが、少なくとも、写真にとらわれる状態はとうに脱していた。歴史教育や日本の戦争について取材するなかで、目をそむけたくなる写真も見たし、被害の記憶も、加害の記憶も、当事者から聞いた。集団殺戮、非戦闘員の殺害、誰かを強制的に連れ出すこと、わずかな食事と劣悪な環境で強制労働させること……、これらはなにもナチスドイツの専売特許ではなかった。

いつ、なぜだったのか……。正確にはたどれない。ずっとつけていた読書ノートも、育児休業があけて職場復帰してからは、長いこと途絶えた。

ただ、次の記事を読んで、『夜と霧』を思い出したことは覚えている。

〈患者を同じ人間として信頼　80歳の心理療法家・霜山徳爾さん
日本の臨床心理学の草分けで、ナチスの強制収容所体験を描いたフランクル著「夜と霧」の翻訳者としても知られる霜山徳爾・上智大学名誉教授が今年八十歳を迎えた。十月からは著作集（全七巻）の刊行も始まっている。「現役最高齢の心理療法家」を任じ、今も診察を続ける霜山さんを訪ねた〉
（朝日新聞一九九九年十二月二十一日付夕刊）

それは霜山徳爾著作集（学樹書院）の刊行を知らせる記事で、「大事なのは、人間の心のあやに気がつくこと。そのためにも、人間的な教養を深め、成熟したゼネラリストになってほしい」という霜山の、後輩たちへの言葉があった。

このあと二〇〇二年に『夜と霧』の新訳が出る。そのあたりのいずれかに、慣れ親しんだ（つもりの）霜山訳を買って読んだ。そのときから『夜と霧』は、以前に抱いた「怖い」イメージ、あるいは「犠牲者」のイメージとはまるで違うものとして、私の前に現れるようになった。

『それでも人生にイエスと言う』という講演録が春秋社から出ていることも知って読み、私自身がとても支えられて、さらにフランクルの本を探して読むようになった。

自分が人生の後半にさしかかって、「生きること」「それでも生きること」を説くフランクルの言葉がしみてきたわけで、その背景については後で述べるが、読書のよろこびとは不思議なものだと思う。十代のころに手にとって、およそ理解したとはいえない本の記憶が私のどこかにひっそりと眠っていて、必要なときに発酵してくるのだから。

『夜と霧』はおそらく、一度読んで「感動した!」とか、ましてや「おもしろかった」と言うたぐいの本ではないのだと思う。この本をみつけた霜山徳爾や、若かりし日の遠藤周作が、最初からその真髄を見抜いていたことを思うと、わかる人にはちゃんとわかるのだというほかないが、後世の若い読み手だった私にとって、この本は、くり返し読んでいくなかで、書かれていることに気づく、触れていく、もっと奥まで手が届くようになる、そういう本だった。

それに、読み返して何かを見つけたのは、私だけではなかった。

〈間をおいて読むたびに、相の変わる本がある。〔略〕私にとって『夜と霧』は典型的なその一冊だ。／初版当時(一九六一年)は、究極の戦時体験として、ナチスの残虐の受け手側からの記録として読んだ。戦争はまだ生々しい思い出であり、私は三十に満たぬ若さだった。約二十年を経て、八〇年前後に読んだときは、人生の書となった。収容所の極限状況においても、「与えられた事態にある態度をとる人間の最後の自由」はだれも奪い得ない、という一節に心を揺さぶられた〉

（朝日新聞一九九一年五月二十日付朝刊「心の書／『夜と霧』／樋口恵子　東京家政大教授」）＊一九六一年は、みすず書房から「フランクル著作集」として刊行が始まった年

〈本書を最初に手に取ったのは中学生のときだった。兄の本棚に見つけた。巻末の強制収容所の写真は残虐で正視にたえない。大学生のとき再度手に取って見た。読み返すうちに、これは告発の書ではなくて、希望の書だと理解した〉

（朝日新聞二〇〇七年九月九日付朝刊「たいせつな本／ヴィクトール・E・フランクル『夜と霧』／松沢哲郎　京都大学霊長類研究所長）

そう。これは、希望の書、だったのだ。明るい未来の希望、というよりは、心にしみいる希望の書。石原吉郎が見抜いたように、フランクルは告発する立場にたたなか

った。そこからすべてが始まっている。そのことが腑に落ちるまでに、私は時間がかかった。

対立構造で見ることは、わかりやすいから。

しかし、わかりやすさとは、はて、なんだろう。

『夜と霧』は、書かれていることが難解で理解できない、というものではない。書いてあることはシンプルだ。ただ、フランクルは往々にして、世の中の逆を言う。読み手が、できあいの思考の枠組みを捨てて、虚心坦懐《きょしんたんかい》に見るいさぎよさが必要かもしれない。

そういう意味では、『夜と霧』は、昨今求められる「ぱっと見てわかる」ものの対極にある。『夜と霧』にせよ、フランクルにせよ、私にはいまでも「わかった」とは言えないし、簡単に「わかり」たくない気持ちがある。

人間とはそのように奥深いものなのだ、ということを感じることができる、希有の書なのだと思う。

外からは一様に「気の毒な犠牲者」と見られる人たちが、実際にはどのように生き、生きと妻の面影を浮かびあがらせたのか、夕焼けに見ほれたか、パンをひとにわけ与えたのか、そして悪魔のラベルを貼られそうな集団のなかに、どんな善い行いがあったのかを、フランクルは描き出した。

ひとくくりにされることを、簡単に対立構造で思考することを、フランクルは拒んだのだと私は考える。

この、ひとりの人として、ひとりの人のありのままを見る姿勢、生身の人間と向き合う姿勢にこそ、私はフランクルの最大の魅力を感じる。

2　意味喪失感と戦後日本

日本で、なぜ、フランクルの本は多くの人に読まれてきたのだろう。

ヨーロッパで取材中に、何人かに尋ねてみた。

「ヒロシマ・ナガサキで、極限状況を経験したから？」という答え。

「日本は自殺が多いからね」という反応。

「日本は集団主義だから」と言った人もいた。

いま聞けば、「震災と津波と原発事故を経験したから」という答えが返ってくるかもしれない。

　確かに、東日本大震災で、私たちは日常が突然断ちきられることを知った。いま生きていることは、たまさかの積み重ねでしかない。生きている意味、いま自分がしていることの意味を、私たちは問わざるをえなくなった。

『夜と霧』も『それでも人生にイエスと言う』も、書店によっては津波や原発の本と並べられたり、カウンターに積まれたりして、再び多くの人の目にふれた。『夜と霧』は、新訳・旧訳合わせた売り上げが、震災後の二〇一一年度は三万部を超えたという。みすず書房によれば、例年より一万部ちょっと多い。

　ただ、震災があって初めて「極限状況」や「生きる意味」が身近になったのだろうか。

　二〇一一年度下半期のNHKの朝の連続テレビ小説「カーネーション」の脚本を書いた渡辺あやが、終了後のインタビューでこんなことを語っていた。

〈震災は大勢の人が巻き込まれるから特別のことと感じるんですが、日常でも病気や事故で人は亡くなる。個人のレベルでは一つのことだと思います。死や誰かを失う苦しみからは誰も逃れられない〉

〈不幸や不条理に立ち向かうには、すごく地味なことをコツコツやっていくしかない、という感じがしませんか。あるところに大きな救いがあって、そこに自分も回収される、というのは絶対うさんくさいし、本物じゃない。小さくて地味で一見、「これかよ」みたいなこと。子どもを見ていると、ちょっとしたお使いなど、本当に単純に人の役に立つことに、すごく喜びを見いだすんですよね〉

（朝日新聞二〇一二年四月四日付朝刊）

渡辺は、阪神淡路大震災から十五年の特別ドラマで、後に映画になった「その街のこども」の脚本も書いている。

自分や大切な人の死、老いや病は、亡くなりようの違いはあるが、生きることについてまわる普遍の苦悩ともいえる。

一方で、私は東日本大震災の前の年に『死と愛』を読み返して、そこに書かれている強制収容所の囚人の心理は、秋葉原事件に表象された日本社会の何かに重なって見えた。

フランクルは、強制収容所に入れられた囚人は三つの心理的過程をたどると語っている。第一は、収容される段階のショック。興奮したり、ひどく不快になったりする。しかし数日または数週間たつと、第二段階に進み、深刻な無感動に支配される。その日一日を生きのびることばかりに関心は集中し、一方で苛立《いらだ》ちやすくなる。囚人たちは、ある劣等感に悩んでいた。彼らは、前は「誰か」であったのに、今は「何ものでもない」無名のものとして扱われたからだ。第三の段階は、解放の段階だ。喜ぶことを忘れてしまった囚人たちは、それを学び直さなければならなかった……。

『死と愛』(原題「医師による魂の癒し」)は、これまで述べたように、フランクルの戦後の出発点だ。生命の意味、苦悩の意味、労働の意味、愛の意味などを語っている。この「労働の意味」のなかで、「労働能力が一切なのではない」とフランクルは説いていた。働くことができなくても他の方法で人生を意味で満たすことはできるし、労働可能であっても、それにもかかわらず有意味な生活をすることができない人もあるのだと。

〈人間の尊厳は、彼自身が労働過程や生産手段への単なる手段に貶しめられることを禁ずる〉。強制収容所の体験をふまえて、そう綴っていた。

「誰か」であったはずの者を「何ものでもない」ただの労働力として扱い、有用な労働ができなければ生きている価値がない、という発想。それはナチスドイツの強制収容所が一番極端な実例であるが、戦後の日本社会にも無縁ではない。そう私には感じられた。

しかしそれにも人間の精神はあらがうことができる、そのような状況におかれてもなお、人間は「異なってありうる」のだ、とフランクルは説いたわけだが……。

秋葉原事件は、二〇〇八年六月八日の日曜日、大勢の人でにぎわう東京・秋葉原で起きた。男がトラックで歩行者に突っ込み、さらに車を降りてダガーナイフで人を刺し、十七人を死傷させた。

現行犯逮捕された加藤智大《ともひろ》は当時二十六歳。自動車工場で派遣社員として働いていた。

生産過剰のため派遣社員はクビにされるといううわさが流れ、ある日、出勤すると自分のツナギ（作業服）がないことに彼は怒って飛びだして、三日後に事件を起こした。

母親に勉強のことなどで厳しくしつけられて育ち、高校進学までは成績優秀。「いい子を演じていた自分が嫌だった」と本人はいう。

携帯電話の掲示板サイトに書き込みをして、自虐的なネタで笑いを取ったりしていた。同僚からは「明るくて気さくな人」と見られ、コンビニエンスストアの前でしゃべったり、休日に連れ立って遊びに行くこともあった。郷里の青森には、「いまでも友達だと思ってる」という幼なじみがいた。

けれども、彼は孤独だった。

法廷で語られたところによれば、何度か死んでしまおうとして、友人や親に自殺をほのめかしていた。裁判長に、どんなときに自殺を考えたのかと聞かれて、「何か漠然とした孤独感が強くて、それが重なる時期のような気がします」とふり返っていた。

彼のような犯罪に走ることはなくても、表面的にはそれなりにやりすごしていても危うい淵《ふち》で生きているような感覚は、多くの人が共有していたのではないだろうか。

二〇一〇年に東京地裁で始まった刑事裁判には、若者がたくさん傍聴に来ていた。法廷での彼を見ていると、とまどう。入退廷のときは、傍聴席にいる遺族たちに向かって九十度に体を折り曲げて頭を下げる。礼儀正しくふるまうことができるし、頭の回転も速い。それなのに、しでかしたことは、あまりに取り返しがつかない。

不安定な雇用形態への不満がツナギ事件で爆発した、という構図は否定した。彼は、クビではなく残留になったことを会社側から伝えられていた。検察官に「派遣切りにしたかと思えば、残留にする。そういう会社に不満はなかったんですか」と問われて、

「疑問くらいには感じたと思います。疑問には思っても、それはそれでいいかと受けいれたと、そういう感じです」と答えた。

それではなぜ、事件を起こそうと考えたのか。応答があるインターネットの掲示板が「帰る場所」になっていて、そこで自分になりすました偽者に嫌がらせをやめてほしかった、事件を起こせば本気だと伝わると思った、と語った。しかしその動機は、彼なりに真摯《しんし》に語れば語るほど、生身の被害者遺族の痛みからはかけ離れていった。

その彼が、法廷で、被害者の妻から「何か一つでもよいことをしてください」と求められたとき、涙した。

また、事件の前の年、このまま死んでしまおうと、東京・上野の駐車場に止めた車のなかで何日もすごしていて、警察官の職務質問を受けた。自殺しようと思っていると打ち明けると、「自分も北国の出身だ」という警察官に励まされ、さらに駐車場の管理人が延滞料金の支払いを待ってくれるというのを聞いて、彼は奮起した。信頼にこたえたいと、そのまま上野の会社で派遣登録して、派遣された先が、最後の職場となった静岡県の自動車工場だった。ここで働いてお金をためると、彼は、振り込むのではなく、手土産を持って上野まで返しに行っている。

インターネットの掲示板で知り合って、事件の前年、訪ねてきた彼に会った女性が、法廷で彼のことをこんな風に言っていた。

「コンプレックスが強いという話を聞きました。すごくマイナス思考だけど、繊細な子なんだなと思いました。とにかくひとりが嫌で、彼女ができればひとりじゃない、生きている意味ができると言っていました」

加藤は掲示板で知り合った別の男性にも会い、「居場所がない、友達がいない」と話して、「友達じゃないか」と言われて泣いている。

傍聴記をつけたノートを広げてみると、余白に私は、「うすあかるい　いつまでも夜がこないヤミ　空気の薄いヤミが広がっているのでは」と書いていた。

「金がすべて」になって精神性がおろそかになる、というのとは別次元の、うすあかるい孤独。生きている実感が乏しくて、確信が持てなくて、生きる意味がみつからない。

それも、フランクルの言う「実存的空虚」にあたるだろうか。「実存」とは、私なりの理解でいえば、その人の「芯」のようなものだ。外面がどうあれ、芯が空《むな》しい。

一九七〇年代にフランクルはアメリカの講演で、自殺を試みた大学生の大半が「人生が無意味に思えた」ことを理由に挙げたことを指摘して、次のように述べている。

〈こうしたことが、豊かな社会の真っ只中で、福祉国家の真っ只中で起きているのである。あまりにも長い間、私たちは夢を見続けてきたのかもしれない。そして今、その夢から目覚めようとしている。私たちの見た夢、それは人々の社会経済状況さえ改善すれば、すべてはうまくいき、人々は幸せになるだろうという夢……。／しかし実際のところは、生き残るための戦いがおさまるにつれて、一つの問いが浮かび上がってきたのである。「何のために生き残ろうとしているのか?」という問いが。今日では多くの人々が生きる手立て《ミーンズ》を手に入れた。しかし何のために生きるのかという意味《ミーニング》までは手に入れていないのかもしれない〉

（「意味への叫び」『〈生きる意味〉を求めて』）

フランクルの考えによれば、経済的成功と、意味を感じて生きることができるかどうかは、そもそも別の尺度だ。「成功―失敗」を横軸とすれば、「充足―絶望」、つまり「意味に満たされているか、何もかも無意味だと絶望するのか」は縦軸。そんな図をフランクルは描いている。

大金を稼いでも、目標とする偏差値に達しても、時の人になっても、むなしく感じることがあるし、逆に、失恋が人生を豊かにすることがあるように、失敗しても意味に満たされることがある。それどころか、意味が感じられるなら、人はあえて苦難を選ぶことさえあるのだ。自ら何かを手放すことで、意味に満たされて生きることができる。

人間とは意味をたえず探し求める存在であり、意味を問うことは、病ではなく、とても人間的なことなのだ、とフランクルは言った。フランクルの説いたロゴセラピーの「ロゴ」は、ギリシャ語の「ロゴス」に由来しているという。〈ロゴスとは精神であり、さらに言えば、ロゴスとは意味である〉と『人間とは何か』にある。

精神（Geist）は、心理・身体とは別次元にある人間ならではの存在として、フランクルが重きを置いたものである（ここでいう心理 Seele は、感情や欲望、寒い・暑い・おなかがすいたといった本能的感覚などを指す）。フランクルは心理・身体は環境や運命の制約を受けるけれども、精神はその制約を超えることができるのだ、と説いた。

「長く平和で豊かだったはずの日本で、なぜこんなにフランクルの本が読まれるのだろう」と私ははじめ思ったわけだが、経済的成功と、意味に満たされて生きることは、イコールではなかったのだ。それを知るだけでも私は目が開かれる思いがした。さらに言えば、経済成長が悪だったわけではないが、それに伴いはびこった経済至上主義と、それに役立つ人間のみに価値を見いだす考え方は、ひとりひとりの人間の尊厳とは相容れない。だから、生きる意味への渇きは、むしろ深まった。成長が終わっても、さらなる国際競争のなかで、価値観が変わらない。その価値観は教育にも反映されてきた。

生きる意味が感じにくい社会であることも、フランクルが求められる背景にはあるのではないだろうか。いまの日本で人が主体性を取り戻すために、フランクルは何かとても大切なことを言っているように私には思えた。

〈人格の尊厳は、利用価値と混同されてはなりません〉と『苦悩する人間』のなかでフランクルは言った。人格がもっとも客体化したのは強制収容所だった、と。医学実験の対象にされ、害虫のように撲滅対象とされ、奴隷の利用価値しか見られず、それも労働に役立つあいだだけのことだった、と。

私たちの社会も、尊厳と利用価値をごっちゃにしてきたのではなかろうか。いや、社会とは誰のことか……。人間の尊厳と利用価値を混同しないように、私は心にとめていこう。

3　引き受ける

それで、自分自身は、どう生きるのか、どう行動するのか。フランクルの、あふれるほど多くのメッセージのなかで、私自身がばりばりと嚙み砕いて腹におさめたのは、突きつめてみれば、次の二つになろうか。

・問うのではなく、こたえる

・引き受ける

私自身、ふりかえると、自分のすることの意味を過剰に求めるところがあったように思う。特に駆け出しのころは圧倒的な男性多数職場で、「女性記者」は「みんな」（男性）と同じことができるだけでなく特別の踊りを踊ってみせられることが暗に期待された、ということもある。「女は男の一・五倍働いて一人前」とよく言われたが、おかしな理屈だと、途中から思うようになった。少数派が参入していくことの意味を考えることも、自分に課せられたひとつの課題のように感じた。一九八〇年代によく使われた「女性の社会進出」という言葉の「社会」とは、いったいどこのことだったろう。企業が女性を採用する数が増えた、門戸を開いた、と言い換えられる文脈で使われていることが多かった。社会には、女性はもとより、寝たきりの人も、生まれたばかりの赤ん坊も、いるのだけれど。

意味については、子どもを授かってからさらに思い惑うようになった。私のもとに生まれてきてくれたいのちは、発見をたくさんもたらした。赤い畝《うね》にはえてくる小さな真珠のような歯に、「人間ってなんてうまくできているんだろう」と感心した。ベビーカーを押して歩けば、十センチの段差も気になった。車いすの人はどうしているのだろう……。

それはまるで自分が生まれ直したような、世界を新しい目で見る新鮮な体験だった。一方で仕事は、おおげさに言えば、待ったなし。職場の同僚や先輩にたくさんの配慮をしてもらったが、日々すべきこと自体が二十四時間のなかで折り合いがつかなかった。それに、たとえば私と子どもしかいないときに、何か対処しなければならない突発事態が起きたら、私はどう行動するか瞬時に決めなければならない。どんな選択をしても、大なり小なり、不全感や自責感がつきまとった。

行かねばならぬ出張から帰ってきて、熱を出して我慢して待っていた息子の目からぽろんと涙がこぼれるのを見たとき、自分は誰のために何をしているのだろうかと思った。

そのような葛藤は、「働く母親」というカテゴリーを超えて存在していることをいまでは知っている。人は誰しも、一瞬、一瞬の選択をしていくしかないのだ。ただ、悩んでいたころは、意味の過剰な追求は、「私は生きていていいのか」という問いに結びついた。

また、記者の仕事は、私にとってある時期から——人間と向き合う仕事をする人たちがそうであるように——自分の全身を使ってするものになった。自分の感情も含めて総動員しなければ受けとめられない部分が大きくなったのだ。詳しい経過は省くが、私は、教育の取材、歴史教育についての取材から、日本のかつての戦争や戦時下の被害についての取材に入り、やがて現在の被害に関心をもつようになった。一九九〇年代の後半から、事件や事故で突然に家族を亡くした人や被害者本人をぽつりぽつり訪ねて、話を聴くようになった。

当事者の語る事実は、あらゆる意味で、想像を超えていた。「どうしてこの話を私に語ってくれるのだろう」という語りに向き合うことは、私自身がまるごと問われることだった。

一方で、息子が少し成長して悩みごとを抱えるようになったあるとき、職場にいる私に電話してきて「いますぐ帰ってきて、話したいことがあるから」と言ったことがある。そのとき私は紙面を編集するデスク業務の当番日で、深夜まで帰れなかった。「帰るわけにはいかないの。お母さんが、みんなの原稿を見ていかないと、あした新聞を白紙で出すことになっちゃうから」ともっともらしく話すと、息子はこう言って電話を切った。

「お母さんじゃなければできない仕事なんて、あるの？」

これはこたえた。

フランクルを再び手にとって読むようになったのは、そんなころだった。自分の悩みを解決しようと思って読み始めたわけではない。傷ついた人の前にいかに立つのか、手がかりを探して読んだ本の一冊だったように思う。それが、ささやかな悩みを抱く私を支えるものになった。

自分のしていることに何の意味があるのか、生きる意味とは何なのか……。問うても仕方のない問いにがんじがらめになるとき、問うのではなく、刻々と問われることにこたえるのだ、というフランクルの言葉は、不思議なほど救いになった。他者と競うのではなく、完璧な最善を求めるのでもなく、その時々の最善を尽くすことが大切なのだ、とフランクルは言う。

この霧が晴れていくような「コペルニクス的転回」は、ほんとうに、やってみればわかるとしか言いようがない。

生きる意味は、短冊に書けるような「回答」であるとは限らない。むしろ、自分で実践するにおいては、感じとるものであるように私は思う。言葉にならなくても、実感できれば、それでかなり満たされる。

〈人は、人生がその人に問いかけてくる問いに応答しようとし、それに応答することによって、人生が差し出してくれる意味を満たしているのではないだろうか〉

（「意味への意志」『〈生きる意味〉を求めて』）

ただひたすら応答する。こたえる。そのことのなかに実感はある。

何かをなしとげる「創造価値」だけではなくて、「体験価値」を実現することもできる。ささやかなことのなかにも――たとえば朝顔に毎日水をあげて、やわらかなつるの伸びに目を見張ることのなかにも、実感はある。そして、「態度価値」がある。

フランクルは、いくつかの道筋を示した。〈ユーモアも自分を見失わないための魂の武器だ〉という言葉が『夜と霧　新版』にあった。人間の精神は――たとえばユーモアをもって――自分と距離をとること（自己距離化）ができる。自分の内面ばかり見つめるのをやめて、外側へ、未来へ、目を向けて、誰かのため何かのために、人間は自分の制約を超えること（自己超越）ができるのだ、と説いた。

〈つまり、満たされるべき意味、出会うはずのもう一人の自分、自分自身を差し出すべき理由、あるいは愛する人に向かって生きて初めて、人は人間として生きられるということである。／人間存在のこの自己超越性を人が生きぬくその限りにおいて、人は本当の意味で人間になり、本当の自分になる。そして人がそのようになるのは、自分自身を自己の実現に関与させることによってではなく、むしろ逆に自分自身を忘れること、自分自身を与えること、自分自身を見つめないこと、自分自身の外側に心を集中させることによってなのである〉

（「意味への意志」『〈生きる意味〉を求めて』）

そして人間は、苦悩を、引き受けることができる。

この「引き受ける」という言葉が私は好きだ。ここでも「コペルニクス的転回」が起きる。フランクルのいう「苦悩」は、自分では変えることのできない運命的なものに対する苦悩を指すのだが、そのような運命に人は翻弄されるだけの存在ではないのだ。運命に対してある態度をとる自由がある。みずから引き受けて、苦悩を苦悩することによって、自分自身へと成熟し、ものごとを見抜くことができるようになる。

人間の本質は「苦悩する人」なのだ、とフランクルは言った。

〈あえて苦悩せよ。／この敢然さ、この苦悩への勇気――これこそが重要なのです。苦悩を引き受けること、運命を肯定すること、運命に対して態度をとることが大切なのです。〔略〕それは、この道を歩んでこそできることであって、苦悩を恐れ苦悩から逃げる道をとってはできないことなのです〉（『苦悩する人間』）

フランクルは、愛妻を亡くして抑鬱状態に陥った年配の医師の例を挙げて説明している。まずは、彼が体験したことを彼から奪うことは誰にも何にもできないのだということに、気づいてもらう。幸せな結婚生活だけでも彼の人生は意味があったし、これからも意味があり続けるのだ。さらに、もし自分が先に逝って妻が遺されたとしたら、その方がよかったのかどうか、彼に考えてもらった。妻がひとり遺されて苦しみ悲しむことにならずにすんだことに気がついた瞬間、彼の人生、彼の苦悩は突如として意味を取り戻した、とフランクルは語る。

人間には決して奪われないものがある、とフランクルはいった。運命に対する態度を決める自由と、もう一つは、過去からの光だ。

そのことは、犯罪被害にあった人や、突然に家族を亡くした人たちから話を聴かせてもらうなかで私が感じたことに、重なっていた。私はこの人たちから、実にたくさんのことを教えてもらった。「もし私が被害者だったら……」などと気楽に言っていたことが、どれほど浅はかだったか、いかに自分が知ったつもりで知らなかったか。目を開かれる思いの連続だった。

「私は不幸な出来事には遭いましたが、私自身は不幸な人間ではありません」

夫と両親を、一九九四年の中華航空機墜落事故で亡くした永井祥子からこう言われたとき、私は衝撃を受けた。まったく彼女の言う通りではないか。

〈私は不幸な出来事には遭いましたが、私自身は不幸な人間ではありません。／いま生きていられることが幸せだし、子どもたちとともに生活できるだけで幸せです。／事故後のただ一つの大きな成長は、小さな幸せを見つけるのがうまくなったことでしょうか。小さな幸せをたくさん感じています〉

〈私は今でも「遺族」と呼ばれることに慣れずにいます。／遺族というのは「遺された家族」。そういう意味ならば、日本中みんな「遺族」ではないでしょうか。みんな、さまざまな原因で誰かを失っています〉

（「永井祥子さんの話」『〈犯罪被害者〉が報道を変える』）

遠巻きにされて哀れみの目で見られることほどつらいことはなかった——そう言った人たちもいた。「被害者感情」というネガティブな言葉は、もっぱら悲しみや憎しみ怒りを表すが、ほんとうの生身の被害者やその家族には、誇りや愛情や自責感や、たくさんの感情がある。感情が凍結することもある。その感情も、人それぞれ違うし、時とともに変わる。この社会にいるいろんな人が被害にあっただけのことなのだと、私は次第に理解するようになった。

起きてしまったことは、どんなに願っても、どんなに努力しても、元に戻すことはできない。その圧倒的に理不尽な現実の前で、それでも人間とはすごいものだと、序章に出てきた清水康之と同じく私も感じることがあった。思い描いたのとは違ってしまった未来を、どこかの時点で引き受けて、生きていく人たちがいる。

また、亡くなった人の話は、往々にして、過去形ではなく現在形で語られた。亡くなった誰かが、その人を大切に思う人の心のなかで生き続けていることを感じることがあった。写真を見せてもらい、話を聴くうちに、私は生前には会うことのなかった人たちと知り合ったような気がするときがあった。

その人が生きた時間、その人とすごした時間は、誰にも何にも奪えないのだ。

ノンフィクション作家の柳田邦男は、自死した次男のことを綴った『犠牲（サクリファイス）　わが息子・脳死の11日』のなかで、宗教学者ミルチャ・エリアーデの indestructibility（破壊しえないこと）という言葉を引いて、人間存在は破壊しえない、その人がこの世に生きたことは誰も否定できないし、なかったことにはできないのだ、と書いている。

一九八五年の日航ジャンボ機墜落事故で九歳の次男を亡くした美谷島《みやじま》邦子は、事故から五年たったあるとき、息子がストンと心に入ってきて、それからずっと一緒にいると言う。

新幹線に乗るとき、たまたま新型車両が来た。それまでは電車好きの息子を思ってすぐ涙があふれたのだが、息子が乗ったことのない二階建て新幹線がホームに入って来たので、「健《けん》ちゃん、ママと一緒に乗ろうね」とつぶやいた瞬間、健ちゃんが心のなかにストーンと入ったという。

〈その日から、健は私といつも一緒にいる、心の中で生きている、そう思うことができるようになった。／事故後、2〜3年は、この仏壇やお墓がなければ、健は戻ってくると思えた。そばにいても一緒にはいなかった。しかし、5年目のその日から、ずーっと一緒だ。いつも一緒。そして、なぜか私は、その日から強くなれた気がする〉

（『御巣鷹山と生きる』）

こうも書いている。

〈健ちゃんの魂は、私自身が生きなければと思ったときに、心の中に入ってきた。／そして、私は、悲しみは乗り越えるのではないと思っている。亡き人を思う苦しみが、かき消せない炎のようにあるからこそ、亡き人と共に生きていけるのだ

と思う〉

だから、フランクルが、過去からの光は失われない、人生の意味は消滅に逆らう、と書いているのを読んだとき、確かにそうだと私には思えた。

過去からの光、に限らない。フランクルを読み返すようになって、自分が感じてきたことに重なる言葉をみつけたり、自分が生きる手がかりをみつけたり。そんなことを繰り返した。そしてふと顔をあげると、フランクルの言葉を生きる縁《よすが》にしている人たちが、そこここにいるのが見えた。見えないつながりが見えた瞬間、というか、それはとても不思議な感覚だった。

そしてフランクルに関する人脈記の新聞連載を書こうとパソコンに向かっていた二〇一一年の三月、東日本大震災が起きた。

「いま、生きる意味について書くなんて……」とうろたえた。意味について書いている場合なのか？　苦しみのただなかにある人たちに押しつけがましい企画にならないか……。それに、まるで世紀が変わってしまったように感じていた。

ただ、何日後のことだったか、フランクルの本を一冊ずつ手にとってもう一度たどってみると、ひとつひとつの言葉が降りてきて、私自身の心が静まっていくのが感じられた。ひらひらと、ゆっくり沈澱して、層ができていくような感覚だった。

そこに書かれていたことは、震災が起きる前も後も、貫く、ほんとうに普遍的なことだったのだ。

それは新たな発見だった。

私は私でいま自分にできることをするしかないのだ、と思えた。

終章　あたかも二度目を生きるように

およそ三十年前、『夜と霧』の本を私が初めて手にした大学生協書籍部のあった建物が、二〇一二年夏、取り壊された。

昼休みになるとこの建物の前を大勢の学生が行き交った。ハンドマイクで何かの主張をがなりたてる者、サークル活動の宣伝をする者がいて、ここが〝銀座通り〟だった。反対側には、当時すでに古くて汚かった学生寮があり、その柱の落書きで、私は「造反有理」という言葉を知った。寮の一角を使った「駒場小劇場」で、ひざを抱えてぎゅう詰めになって、野田秀樹がいた「夢の遊眠社」の芝居を見ていた。「少年狩り」「二万七千光年の旅」「ゼンダ城の虜《とりこ》」……。

その寮の建物も十年ほど前に壊されて、とうにない。生協書籍部は、だいぶ前から、「コミュニケーションプラザ」というぴかぴかの建物に移っている。そこにも、『夜と霧』は置いてあるのだろうけれど……。

記憶のなかではほんの数年前のことのようなのに、ずいぶん時がたった。あのころ、遠い昔の戦争の時代のナチスの非道を暴いた本だと思っていて、写真が怖くて閉じてしまった『夜と霧』は、私にとって、立ち戻る場所になった。『夜と霧』のみならず、フランクルの数々の本を、特に新聞連載をはさんだこの数年、何度も読み返して、読むたびに違う発見があった。発見、というより、感じとったことや思案していたことが、あ、ここに書いてあった、という不思議な感慨である。自分の体験やその深まりによって、響くところが違う。だから、本は傍線だらけ、付箋《ふせん》だらけになった。いろいろ思い惑ってわからなくなったときも、時折本を開いて確めた。ただ刻々とこたえればよいのだと。だから、私にとっては、本であるけれども、生きるうえで時折帰ってくる場所、という感覚が近い。

ヴィクトール・フランクル、という名前も、生前会うことのなかった人の名前として響くようになった。彼の生涯をたどり、彼を大切に思う人たちに会って話を聴くことによって。それでもやはり、生前に深い親交を結んだ人たちが、たまらなくうらやましい。

フランクルの生涯を短い言葉で伝えなければならないとき、私は迷う。妻や両親を強制収容所で失って、ほどなく、立て続けに本を書き、その一冊がやがて世界的ベストセラーになった。悲劇的体験にもかかわらずそれを克服した人——という像は、あまり単純化されると、いま嘆き苦しんでいる人、そこからなかなか抜け出せない人を、追いつめることになるのではないか。

「立ち直った人」の話が多く流布するのは、結局はそのような物語が人々に吸収されやすく、収まりがよい、ということなのかもしれないが、生身の人間はそう簡単にはできていない。ポジティブで活動的でユーモアたっぷりだったフランクルも、悲の記憶、あるいは失われたものをいつくしむ思いを、底に湛《たた》えて生きたのだろう。自宅にあった、苦悩する人の像、テレージエンシュタットの棺の絵、エゴン・シーレの絵は、私が勝手な解釈をしているのかもしれないけれども、とても印象的だった。

まだまだ、よくわからないところもある。

フランクルの本を読むことは、アタマの筋肉を、ときほぐしていくようなところがある。自分がとらわれているいろんな枠が外れて、初めて、見えてくるところがある。だから、難解ではないとしても、そう簡単にはわからない。

たとえば、フランクルのいう「良心（Gewissen）」について。罪と責任と悔悟に対する考え方について。

大震災があり、新聞連載をした二〇一一年から、私はロゴセラピーを学ぶようになった。

一緒に学んでいる人たちの多くは、目の前に、患者さんや、相談者や、生徒や、失業した人や、障害などのハンディを抱えた人がいる。その人たちを思い浮かべながら一生懸命に聴いていることが、伝わってくる。

私も人間に接する職業ではあるけれど、相手にアドバイスする立場にはない。それでは何のために学んでいるのか、ということになるが、胸に手をあてて考えてみれば、もっと知りたい、もっと吸収したい、という利己的な動機がほとんどだ。ただ、ドイツ在住のロゴセラピスト勝田茅生に初めて会ったときに聞いた、「ロゴセラピーとは技法ではなく生き方だ」という彼女の言葉が、私は腑に落ちたのだ。

確かにロゴセラピーの理念は、どこか口伝《くでん》でしか伝わらないようなところがある。

フランクルは、医師の役割は、患者が生きる意味をみつけるのを助けることであり、触媒としての働きなのだ、と言った。一九六九年の國學院大学での講演では、どんな教育者も、学生に意味を教えたり与えたりすることはできない、唯一与えられるのは「真理探究に挺身する己れ自身の生きた実例」だと語った。ただ手本になることができるだけなのだ、と。

私がどう生きようと、誰の手本にもなりえないし、なりたいとも思わない。ただ、つまりはどう生きるかしかないのだ。何もすべてフランクルの言う通りにしようと思っているわけではないが、いまのところ、フランクルの思想は私にとってかなり大切な支えになっている。それは単に個人の生きる手がかりであるだけではなく、社会がなだれを打つときにあらがえるかどうか、ということにもつながるはずなのだ。それだけの骨格を持つ思想なのだと、私は思っている。

どう生きるか、人生からの問いかけに日々どう応答するかを考えるとき、「良心」はカギになる概念だ。フランクルによれば、「良心」は意味を感知する器官だから。人間は善も悪もあわせ持つ存在だが、このアンテナを働かせることによって、よりよく生きることができる――はずなのだ。

では、善とは何か。一つの集団の価値観では、誰かを差別することが善とされることもある。もっと客観的、普遍的なもの……。

「何をすべきか、何をしてはならないか」という古い形の倫理で善悪を判断してはならない、とフランクルは國學院大学で話した。意味の遂行を促進するものが善で、それを阻害するものが悪なのだ、と。

私のアタマはぐるぐる回る。

そんなときは、この言葉に立ち戻る。

あたかも今が二度目の人生であるかのように、生きなさい。一度目は、今しようとしていることに、まちがって行動してしまったかのように!

Live as if you were living already for the second time and as if you had acted the first time as wrongly as you are about to act now!（'Logotherapy in a Nutshell'）

『夜と霧』の英語版にあたる"Man's Search for Meaning"にフランクルが書いた、ロゴセラピーについての手短な解説のなかに、この一文はある。日本語に訳されたものでは、『意味による癒し』や、『それでも人生にイエスと言う』のなかにも同様の文章が出てくる。

実際には、人生は二度ない。それでも、一度目は簡単な方を選んだり、長いものに巻かれたり、決断できなかったとしても、二度目だったら?

迷ったとき、ここに立ち戻って、私は考えていく。

二度目なら後悔しない生き方ができる、なんて、私には思えない。二度目がもしあっても、おそらく私は、はしたないことをしでかし、行動すべきときに行動できず、「そんなつもりじゃなかった」と言いながら人を傷つけるだろう。

それでも。

この問いに、ほんの時たまでも、立ち戻ることができるなら、少しは自分から解き放たれて、少しは意味を感じて生涯を終えることができるのではないかと思う。それをいつ、どのような形で迎えるとしても。

あとがき

いつのまにか足かけ三年になった取材の締めくくりに、ドイツ北部のベルゲン＝ベルゼン強制収容所の跡を訪ねた。最初の妻ティリーさんが、亡くなった場所だ。

二〇〇七年につくられた新しい記念館の横の、松と白樺の林を抜けていくと、紫のヒースの花が咲く野原が開けた。ここはかつて女性収容所があった場所。そしていまは、巨大な墓地だった。長方形の古墳のような塚がいくつもあって、石版に「ここに八百人の死者が眠る　一九四五年四月」などと概数が記されている。私が見た最大のものは「五千人が眠る」！

石原吉郎の言葉がよみがえる。

〈ジェノサイドのおそろしさは、一時に大量の人間が殺戮されることにあるのではない。そのなかに、ひとりひとりの死がないということが、私にはおそろしいのだ。〔略〕死においてただ数であるとき、それは絶望そのものである。人は死において、ひとりひとりその名を呼ばれなければならないものなのだ〉

（「確認されない死のなかで――強制収容所における一人の死」『望郷と海』）

ここにガス室はなかった。けれども、第二次大戦末期、各地の強制収容所から、囚われた人がどんどんここに移送されてきて、水も食糧も足りず、病気になってもどうしようもなかった。

イギリス軍がこの収容所を解放したとき、遺体がバラックの周辺あちこちに積まれたなかに、病み衰えた人たちがいた。手作業では間に合わないと判断したイギリス軍は、遺体をブルドーザーで処理することを決めた。プールのような大きな墓穴を掘って、どんどん埋めたのだ。そして女性収容所を焼却して、生存者を北側の救護所や難民収容所へ移した。そこでもたくさんの人が亡くなった。解放後に死亡したというテイリーさんが葬られたのかもしれない北側の敷地は、いまもイギリス軍が駐屯していて、私は立ち入ることができなかった。

晴れた野原に、どーんどーんと演習の砲弾の音が響いていた。

ここは強制収容所の痕跡がほとんどないだけでなく、収容者名簿などの書類も、解放直前に親衛隊員が焼き捨てたため、ごくわずかしか残っていない。証言やほかの移送記録を手がかりに収容者名簿を復活させる困難な取り組みが、一九九〇年代から続けられている。

私の取材は、こうした世界のさまざまな人たちの努力や研究成果を礎《いしずえ》として、初めて成り立ったものだ。日本でも、ドイツ語や英語の古いフランクルの本を探して、あちこちの大学図書館に足を運んだ。東大駒場図書館が所蔵する『夜と霧』のドイツ語原著第二版は、近年亡くなった元教授の蔵書が寄贈されたもの。インターネットのおかげで、私は深夜の自宅で、さまざまな国の資料を見ることができた。それと同時に、本を大切にして公の場にのこしてくれた先人たちのおかげで、私は過去にさかのぼることができた。

フランクルの娘の夫であるフランツ・ヴェセリーさんには、疑問点について、メールでたびたび教えてもらった。ドイツ語で俳句を書くヴェセリーさんは、いつも簡潔明瞭に答えてくれた。貴重な書簡やゲストブックを閲覧させてもらい、日本との交流の一端を確かめることができた。そのなかには、「どうしてもお礼を伝えたい」と日本の若い読者が一九五七年に英語で書いた手紙ものこされていた。死にたいほど悩むなかでフランクルの本を読んで、生きる意味と死の意味が初めてわかった、と綴られていた。

ベルゲン＝ベルゼンを発って、ハノーファーを経由して、ウィーンで、私はヴェセリーさんとエリー・フランクルさんに再会した。

「私は日本が大好き」とエリーさんは繰り返した。「ヴィクトールと初めて日本に行ったとき、女の人は着物を着ていた。女は男と並んで歩いちゃいけない、一歩下がって歩くものだって、言われたのよ」と笑う。そのヴィクトールを亡くしたあと、心療内科医の永田勝太郎さんの招きで、エリーさんは桜の季節の日本を旅した。その美しい光景が心に残っているのだという。

「私は年をとって、もう飛行機に乗って日本に行くことはできないけれど」と言うエリーさんの抱擁《ほうよう》を、この本を読んでくださった皆さんと分かち合いたい。

第一章の扉裏に載せた、霜山徳爾さんとフランクル夫妻の写真を、霜山操子さんの了解を得て複写して、エリーさんに贈った。エリーさんは涙ぐんで見ていた。

「このヴィクトールはずいぶん若い。時間はずいぶん速く過ぎる……」

フランクル宅のアパートを辞して、私は、改修工事がすんで二〇一二年九月にオープンしたばかりのヴィクトール・フランクル公園のベンチに座って、日が暮れるのを眺めた。自宅アパートから一ブロック半。フランクルが神経科の医長を二十五年間務めたポリクリニックの裏手にある。この本のはじめにあるポートレートで、白衣のフランクルがベンチに腰かけていた、その場所だ。自分にはもう何も残されていないと思っていたヴィクトールは、この病院でエリーと出会った。

　ひとめぐりめぐって、何か私も「帰ってきた」ような気がした。

　思いがけずに広がっていった私の旅の、これはとりあえずの記録である。浅学非才の限界はもとより承知の上である。ここからさらにさらに、ヴィクトール・フランクルの研究が進むことを願ってやまない。それはきっと、人が生きることの支えになると思う。

　貴重な資料を見せてくださった霜山操子さん、みすず書房の守田省吾さん、ドイツでの取材を支えてくれた美濃口坦さんにお礼を申し上げたい。永田勝太郎さん、山田邦男さん、勝田茅生さん、ハラルド・モリさんにご教示いただいた。新聞連載時にデスク役として原稿を受け止めてくれた福田宏樹さんにも感謝している。そして、「ニッポン人脈記」を始めたときのキャップだった早野透さん。「自分の心がふるえたことを書け」という早野さんの言葉が夢に出てくる。

　最後に、平凡社の編集者・坂下裕明さんとこの本をつくれたことに感謝したい。私にとっては、かなり集中して意識の底に降りていかないと書けないテーマで、なかなか進まなかった。

フランクルはエゴン・シーレの絵が好きだった。人物画で知られるシーレだが、この本の表紙には、私が一番好きなシーレの風景画を使わせてもらった。海に沈みゆく太陽が、光を放っている。木立は秋の姿だが、春のイタリア――当時はオーストリア領だった――トリエステの海をモチーフに描いたものだという。

あかるくて、かなしくて、空っぽで、満たされている。

「世界ってどうしてこう綺麗なんだろう」

そうつぶやきたくなる、一枚だ。

二〇一二年十月　雨の夜に

河原理子

「ヴィクトール・フランクルの道」を行く人
ドイツ、テュルクハイムで〔河原理子撮影〕

文庫あとがき

本書が単行本として出てから四年ほどして、今回の文庫化の話をいただいた。私に話をしてくれた人たちの想いが、私が会うことのなかった先人たちの営みが、新たな読み手に届くなら、こんなにうれしいことはない。

文庫本にするにあたり、単行本の四刷（二〇一三年六月刊）をもとに、気づいた誤りを直し、引用文にもルビをふるなど表現に少し手を入れた。また、この四年のあいだにフランクルの著作の日本語訳が何冊も出ていることから、巻末の「フランクル著作の日本語訳」の情報を更新した。フランクルを読む人、そこに手がかりを求める人は、さらに広がっているようだ。

私は、あいかわらず。

自分が「情けない生きもの」であることに苦笑するばかり。それでも、自分のなかの基準点のような場所に立ち戻るべく、ロゴセラピーを学び続けて、ロゴセラピストの試験まで受けてしまった。理解が進んだ、というよりは、その場に集うさまざまな職業の、さまざまな動機を抱えた人たちとやりとりしながら、何かが、じんわりと、しみてくる感じがしている。

喪失、怪我や病気、子どものころ置かれた環境など、容易ならざる状況のなかから、「それでも」の力を静かに発揮している人たちがいる。

「ロゴセラピーは、技法ではなく、生き方なのです」

日本ロゴセラピーゼミナールを主宰する勝田茅生さんが、初めて会ったときに私に言ったことばが、いまも私を貫く。

今回、単行本を読み直して、これまでとは違う深さで響いてくることばがあった。自分が拾ったことばなのに奇妙なことだけれど、私自身が年をとり、何かを手放し、「意味を教えることなどできない」と痛感し、喪失を経て、ようやく思い至ることがある。

八十代のフランクルがこぶしを握りしめてウィーン市庁舎前広場で演説した「私は、集団に属するために誰かを有罪とすることに反対します」も、まるで、いまの世界に向けて放たれたことばのようだ。それは彼が「強制収容所から解放された日から言い続けていること」なのだけれど。

『夜と霧』が、アウシュヴィッツのガス室で亡くなったお母さんに捧げられていたことを、私は改めてかみしめる。

春まだ早い日、この文庫のゲラを推敲しながら車窓の山並みを眺めていて、私は、フランクルのいう「体験価値」のことを考えた。自然や音楽を味わうことや、ひとを愛することを通じても生きる意味をみつけることができるとフランクルは考え、これを「体験価値」と呼んだ。なぜ、夕焼けに心ふるわせることと、愛することが、同じ「体験価値」なのか……。

ふと、それは、いつくしむ、という精神のはたらきではなかろうか、という考えが浮かび、すとんと腑に落ちた。自分と違うものをいつくしむ。弱いもの、はかないものをいつくしむ。所有や支配や自分の満足ではなくて。

一昨年亡くなった父も、いつくしむことが過剰なまでにある人だった。そのおかげで、最晩年まで、何はなくとも、豊かに生きることができたように思う。

最後に、感謝を申し上げたい。

文庫化にあたり、ドイツ在住の勝田茅生さんに知恵を貸してもらった。また、私には思い入れのある単行本に続いて、松田行正さんに装丁を担当していただいた。
解説は、後藤正治さんにお願いした。後藤さんが新聞に書いてくださった書評をきっかけに本書を手にしてくれた人がたくさんいて、この文庫の編集者、上坊真果《まどか》さんもその一人だったとのこと。本からの贈りもののような、つながりである。

河原理子

二〇一七年春

解説

後藤正治

いわゆる〝この一冊〟に、オーストリア・ウィーン在のユダヤ人精神科医、ヴィクトール・E・フランクルの『夜と霧』（原題は『一心理学者の強制収容所体験』）を挙げる人は少なくない。アウシュヴィッツなど四つの収容所をくぐり抜けて生還したが、妻、両親、兄を失った。極限的な受難を被りつつ、フランクルは告発を封じ、人間存在への深い考察を記した。世界で四十余の言語に訳され、刊行部数は一千万部に、日本でも翻訳本は旧新合わせ百万部を超えるロングセラーとなっている。

原著と訳本はどのように刊行されたか、なぜ「この一冊」に足るのか、人々は何を読み取ってきたか、フランクルその人はいかなる人だったのか……。著者の河原理子は、訳者、出版人、研究者、読者たち、そして収容所跡やゆかりの人々を訪ねる。丁寧な取材と思索を重ねるなかで、一冊の本の意味するものを探っていく。

戦後間もなく、ウィーンで『一心理学者の強制収容所体験』が刊行された。初版三千部。さほど売れずに二刷で絶版となる。日本語訳が出たのは一九五六（昭和三十一）年。訳本が生まれる道程は上質のミステリーを読むごとく、興味深い。

訳者は、臨床心理学者の霜山徳爾《しもやまとくじ》。戦時期は海軍の実験心理研究部に所属、戦争末期には特攻機の出撃を見送った。自著で「余、滂沱たる涙を禁ずる能わず」と記している。

戦後、西ドイツに留学時、書店で偶然、薄い冊子のような原著を見つける。晩年のインタビューでは「戦場を見た私の『大いなる慰め』でした」と答えている。

ウィーンの酒場で、フランクルと霜山がにこやかに懇談している写真が載せられている。訳者あとがきで、「謙虚で飾らない話の中で私を感動させたのはアウシュヴィッツの事実の話ではなくて……それは別なルポルタージュで私はよく知っていた……彼がこの地上の地獄ですら失わなかった良心であった」と記している。

河原が霜山宅を訪れたとき、遺影のかたわらに、大輪の薔薇《ばら》が飾ってあった。《若いころはよくしゃべるし陽気だったけれども、患者の重たい話を聴くうちに次第に寡黙になって、庭の植物を育てるのが好きになったのだと、家族から聞いた。

それから、私のなかの霜山のイメージは、寡黙に薔薇を育てる人、となった》

霜山徳爾という訳者の人物像が薄っすらと浮かんでくる。

『夜と霧』は、みすず書房の創業者、小尾俊人《おびとしと》の手で刊行されている。小尾は「出版者の序」でこう記した。

《〈我々がこの編集に当って痛切だったのは、かかる悲惨を知る必要があるのだろうか？　という問いである。しかし〔略〕自己反省を持つ人にあっては「知ることは超えることである」ということを信じたい〉》

本というものが、志ある人々の手渡しのなかで誕生していくことを知るのである。

小尾は書名を『夜と霧』とした。当時、強制収容所の映像を収録した記録映画「夜と霧」が話題となっており、タイトルを拝借して写真と図版を加えた。河原は当初、映画「夜と霧」はアウシュヴィッツのものだと思っていたのが、映像資料などを探索するなかで、複数の収容所の記録をつなぎ合わせたものと知っていく。

《取材し、人に会い、たくさんの本を読み、フランクルに近づいていく過程は、自分がいかに知らないかを知る過程でもあった。一本棒のようなやせた認識が、少しずつふくらんで、私はときほぐされていった》

著者の取材行をたどりつつ、読者の「一本棒」もまた膨らんでくる。

『夜と霧』の読者の一人に、坂上《さかうえ》和子がいる。坂上は児童養護施設で育った。十代の後半、印刷屋で働いていたが、保育士になろうと夜間に開かれる上智社会福祉専門学校に通う。そこで霜山の講義に接した。「しみ入るような言葉を、先生はたくさん持っていた」「霜山先生の授業をきいた夜は、暖かかった」と述懐している。

保育士を経て、病気の子どもと遊ぶボランティア、離婚、NPO法人を立ち上げるも「すってんてんに」……と、さまざまにあった。本棚から『夜と霧』を引っ張り出して、抱きしめて寝た夜もあったとある。こんな言葉を吐いている。

《「私はまだ生きている、大丈夫。そう思えた。『夜と霧』は祈りみたいな本でした」》

魂と触れ合う本――が『夜と霧』だった。読者の多くがそうであったことが伝わってくるが、河原は自身と『夜と霧』の出会いについても記している。

手に取ったのは大学時代。写真が怖くてすぐに閉じてしまう。「読んだ」とはいえない本だったが、脳裏に残り続けた。女性記者が珍しがられた時代に記者となり、母となり、歳月を経て「発酵」するごとくに再会する。

社会部記者として、事件や事故で突然家族を亡くした被害者に会う機会が増えた。《フランクルを再び手にとって読むようになったのは、そんなころだった。自分の悩みを解決しようと思って読み始めたわけではない。傷ついた人の前にいかに立つのか、手がかりを探して読んだ一冊だったように思う。それが、ささやかな悩みを抱く私を

支えるものになった》

《……後世の若い読み手だった私にとって、この本は、くり返し読んでいくなかで、書かれていることに気づく、触れていく、もっと奥まで手が届くようになる、そういう本だった》

人はさまざまなものと出会う。本もその一つ。なかに、体内に深く留まるものとの出会いがある。たまたま、そして必然として出会うのだと思う。

河原は二度、三度と、ウィーンへ、旧ドイツ占領下にあった収容所跡へと足を運んでいる。

アウシュヴィッツの物語――『夜と霧』に付着するイメージであるが、事実は少々異なる。フランクルがポーランド内に設けられた絶滅収容所アウシュヴィッツにいたのはごく短く、チェコ内の、またドイツ・バイエルン地方の収容所に長く収容されていた。

彼は大戦前から名の知れた医学者で、生の意味を患者自身が見出すことを促す「ロゴセラピー」の提唱者であった。

《〈人間はあらゆることにもかかわらず――困窮と死にもかかわらず、身体的心理的な病気の苦悩にもかかわらず、また強制収容所の運命の下にあったとしても——人生にイエスと言うことができるのです〉（『それでも人生にイエスと言う』）》

フランクル思想の根幹を成す一節であるが、もともと抱いていた考えが、「……苦悩を焼き尽くす状況のなかで、鋼のようにして鍛えられた思想だった。だからこそ、心に落ちるのだろう」。首肯しつつ、読み手の「一本棒」がまた膨らんでくる。

戦後、フランクルは病院の歯科助手だったエリーと再婚する。「とてもチャーミングな人」とのことである。「最強の助手」でもあるパートナーを得て、フランクルは病院の神経科医長をつとめつつ世界各地の講演をこなした。来日もしている。ユーモアを好み、ロッククライミングを愛する登山家でもあった。

加害者であるナチス親衛隊員にも善人はいた。被害者側の囚人にも悪人はいた。罪は集団ではなく個人にある。ときに個人のなかにも両者が併存する——。フランクルの考えは一部からは批判を浴びたが、だから故に「どんな国でもホロコーストを起こしうる」という言こそ、後世が汲み取るべきもっとも重要なメッセージであろう。現にその後、人種的抹殺ではなくても、さまざまなホロコーストが世界各地で起きた。

バイエルンの森を歩きつつ河原は自問する。収容所跡は、雑木林やトウモロコシ畑や私有地の庭先になっていて、もう痕跡をとどめていない。けれども……。

《事態が少しずつ進んでいくとき、自分はどうふるまえるだろうか……。それは目の前の、庭先の、出来事なのだ》

自問は、いまを生きるすべての人々のものでもある。

フランクルの講演録、『それでも人生にイエスと言う』の原著は本国では絶版となっていたが、京大教育学部図書館にあることを知った河原は、小さな手掛かりをもとに、ある故人の研究者が入手したものであろうことを推測していく。

時を経て、教育哲学を専攻した研究者、山田邦男が原著をコピーし、ゼミのテキストとして使用する。大学紛争の末期、「すべてに意味はない」とするニヒリズムが進行していた時代。生きる意味はあるのか――の問いに答えうる数少ない言葉がフランクルの著や発言にはあった。

《〈人生から何をわれわれはまだ期待できるかが問題なのではなくて、むしろ人生が何をわれわれから期待しているかが問題なのである。〔略〕われわれが人生の意味を問うのではなくて、われわれ自身が問われた者として体験されるのである〉（『夜と霧』）》

國學院大学で「意味喪失の時代における教育の使命」という演題で講演したフラン

クルは、こんな言葉を残している。

《〈意味や価値は教わることはできません。どんな教授も先生も、学生に価値を教えることはできません。意味も又、与えることはできません。先生が学生に与え得る唯一のものは、先生自身の生きた実例です〉》

さらに時を経て、『それでも人生にイエスと言う』は山田とゼミ生だった松田美佳の手で翻訳され、春秋社より刊行された。一九九三年のこと。私の手もとにあるものは第四十四版。この本も読み継がれてきた。

経済成長、消費社会、ＩＴ社会……〝豊かな社会〟の進行と逆比例するように、人の内面を満たすものは痩せ細ってきた。「うすあかるい孤独」「実存的空虚」「生きる意味への渇き」……空漠たるものが広がっていく。そんな時代にあって、心の希求に応えてくれる数少ないものの一つがフランクルの思想だった。だから読み継がれてきたのだと思う。

もとより、フランクルは安易な〝処方箋〟は何も提示していない。人生の意味は自身が見出す他にない。多くを失い、奪われ、途方に暮れる――。人生にはさまざまな局面が訪れる。「それでも」「にもかかわらず」「それでもなお」……本書で幾度も散見できる言葉である。フランクルの思想の、また本書のキーワードであると思う。

私が本書（単行本）を手に取ったのは刊行されてすぐである。当時、朝日新聞の書評委員をつとめていて、取り上げさせてもらった。委員だった二年間で、もっとも言葉が染み入ってきた本だった。

その後、著者と懇談する機会があって、酒席をともにした夕もある。明晰、生真面目、誠実……本から受けるものと同じものが河原その人から伝わってくる。加えていえば、繊細で柔らかい感性の持ち主ということ。ふっと跳んでるごときもの、正調なバロック曲の調べに、ふっと奔放なフリージャズが差し込んでいるような、そのようなものも感じた。

《消えゆくものを、見るのが好きだ。

たとえば、ダンス。

目の前で、一瞬、一瞬、生まれては消えてゆく、言葉にしたとたんに壊れてしまうようなもの。見る——というより、人間の肉体がうみだす熱や空気のふるえのようなもののなかに、いる。そのふるえのようなものを吸収して、ようやく私はふっくらする》

（「根の伸びる先に」『こころ』平凡社・二〇一三年）

エッセイの一節であるが、著者の宿すものの一端が示されている。そのような感受性を併せもつ故に、フランクルへの奥深い旅も成立しえたのだろう。
人間の本質は「苦悩する人（ホモ・パティエンス）」であり、「意味をたえず探し求める存在」である。フランクルの著が普遍性をもつのは、その地平にたたずんだ折りに出会う言葉として在るからである。そして本書は、フランクルの言葉をときほぐす格好の書として、人と思想をめぐる優れたノンフィクション作品として、永く残っていくだろう。

（ごとう　まさはる／ノンフィクション作家）

フランクル著作の日本語訳（2016年末現在）

日本語訳を、元になった本（作品）ごとに整理した。原著はドイツ語または英語、副題は原則として省略。日本語訳の出版年は一番最初に出た年のみを記した。

おおむね、日本で紹介された順に並べているので、最初に『夜と霧』が出された1956年から2016年まで、半世紀あまりの軌跡がわかる。

フランクル作品は改訂が多く、同じタイトルの下に並んでいる日本語訳も、原著の版は異なる場合がある。

■Ein Psychologe erlebt das Konzentrationslager

『夜と霧　ドイツ強制収容所の体験記録』霜山徳爾訳　みすず書房　1956年

『夜と霧　新版』池田香代子訳　みすず書房　2002年

■Ärztliche Seelsorge

『死と愛 実存分析入門』霜山徳爾訳　みすず書房　1957年

『人間とは何か　実存的精神療法』山田邦男監訳　春秋社　2011年

■Pathologie des Zeitgeistes

『心理療法の26章』宮本忠雄訳　みすず書房　1957年

『時代精神の病理学　心理療法の26章』宮本忠雄訳　みすず書房　1961年

■Theorie und Therapie der Neurosen

『神経症その理論と治療Ｉ』宮本忠雄、小田晋訳　みすず書房　1961年

『神経症その理論と治療Ⅱ』霜山徳爾訳　みすず書房　1961年

■Das Menschenbild der Seelenheilkunde

『精神医学的人間像』宮本忠雄、小田晋訳　みすず書房　1961年

■Der unbewußte Gott
「識られざる神」『識られざる神』佐野利勝、木村敏訳　みすず書房　1962年

■Logos und Existenz
「ロゴスと実存」『識られざる神』前掲
「ロゴスと実存」『意味への意志』山田邦男監訳　春秋社　2002年
（なお、「ロゴスと実存」のひとつの章だった1950年の講演 Zehn Thesen über die Person「人格についての十（の）命題」は、『人間とは何か』と『苦悩の存在論』にも収められている）

■Homo Patiens
『苦悩の存在論　ニヒリズムの根本問題』真行寺功訳　新泉社　1972年
『苦悩する人間』山田邦男、松田美佳訳　春秋社　2004年

■Psychotherapy and Existentialism
『フランクル・現代人の病　心理療法と実存哲学』高島博、長澤順治訳　丸善　1972年

■原題不明
「実存的虚無」川中なほ子訳　『現代人の病理　第１巻　文化の臨床社会心理学』加藤正明、相場均、南博編　誠信書房　1972年

■原題不明
「愛と社会」川中なほ子訳　『現代人の病理　第４巻　エロスの臨床社会心理学』浅井正昭、相場均、南博編　誠信書房　1974年

■Self-Transcendence as a Human Phenomenon
「人間的現象としての自己超越」恩田彰訳　『人間性の探究　ヒューマニスティック・サイコロジー』A. J.サティック、M. A.ビック編　小口忠彦編　産業能率短期大学出版部　1977年

■The Will to Meaning
『意味への意志　ロゴセラピイの基礎と適用』大沢博訳　ブレーン出版　1979年
『絶望から希望を導くために　ロゴセラピーの思想と実践』広岡義之訳　青土社　2015年

■Das Leiden am sinnlosen Leben
『生きがい喪失の悩み　現代の精神療法』中村友太郎訳　エンデルレ書店　1982年／講談社学術文庫　2014年

■…trotzdem Ja zum Leben sagen: Drei Vorträge　＊1946年の三つの講演
『それでも人生にイエスと言う』山田邦男、松田美佳訳　春秋社　1993年
（この三つの講演は、後述の『精神療法における意味の問題』2016年にも「人生の意味と価値について」と題して収められている）

■Im Anfang war der Sinn
『宿命を超えて、自己を超えて』聞き手・F・クロイツァー　山田邦男、松田美佳訳　春秋社　1997年

■Was nicht in meinen Büchern steht
『フランクル回想録　20世紀を生きて』山田邦男訳　春秋社　1998年

■The Unheard Cry for Meaning
『〈生きる意味〉を求めて』諸富祥彦監訳　上嶋洋一、松岡世利子訳　春秋社　1999年

■Der Unbedingte Mensch
『制約されざる人間』山田邦男監訳　春秋社　2000年

■Der Wille zum Sinn
『意味への意志』山田邦男監訳　春秋社　2002年　『意味による癒しロゴセラピー入門』山田邦男監訳　春秋社　2004年

■Basic Concepts of Logotherapy
「意味による癒し――ロゴセラピーの基本概念」『意味による癒しロゴセラピー入門』前掲
（これは『夜と霧』の英語版にフランクルが書いたロゴセラピーについての解説で、後の版でLogotherapy in a Nutshellと改題された。そのドイツ語訳を日本語に訳したものが「ロゴセラピーの基本概念」と題して、後述の『ロゴセラピーのエッセンス』2016年に収められている）

■Synchronisation in Birkenwald　＊戯曲
「ビルケンヴァルトの共時空間」武田修志訳　『道標』第33号　2011年夏　人間学研究会

■Bergerlebnis und Sinnerfahrung
「山の体験と意味の経験」赤坂桃子訳　『imago　総特集　ヴィクトール・E・フランクル　それでも人生にイエスと言うために』現代思想4月臨時増刊号　第41巻第4号　青土社　2013年

■Die Existenzanalyse und die Probleme der Zeit
「実存分析と時代の問題」竹内節、広岡義之訳　『imago』前掲
（後述の『虚無感について』2015年にも「附録」として収められている）

■Gottsuche und Sinnfrage　＊ピンハス・ラピーデとの共著
『人生の意味と神　信仰をめぐる対話』芝田豊彦、広岡義之訳　新教出版社　2014年

■The Feeling of Meaninglessness
『虚無感について　心理学と哲学への挑戦』広岡義之訳　青土社

2015年

■Die Sinnfrage in der Psychotherapie
『精神療法における意味の問題　——ロゴセラピー　魂の癒し——』
寺田浩、寺田治子監訳　赤坂桃子訳　北大路書房　2016年

■Grundkonzepte der Logotherapie
『ロゴセラピーのエッセンス　18の基本概念』赤坂桃子訳　新教出版社　2016年
（前述の「ロゴセラピーの基本概念」と、1938年の論文「心理療法における精神の問題について」Zur geistigen Problematik der Psychotherapie が収められている）

なお、『生きがい喪失の悩み』の巻末に、フランクルの日本語訳論文として「意味喪失」（『現代社会の精神衛生・社会臨床的研究』1972年、誠信書房所収）が記されていたが、確認できなかった。

来日講演の記録

■ヴィクター・E・フランクル博士「意味喪失の時代における教育の使命」工藤澄子訳
Dr. Viktor E. Frankl"The Task of Education in an Age of Meaninglessness"
(Open Lecture at Kokugakuin University on January29th,1969)
『國學院大學日本文化研究所紀要』第24号　1969年9月

「意味喪失の時代における教育の使命」広岡義之訳 『imago 総特集 ヴィクトール・E・フランクル それでも人生にイエスと言うために』現代思想4月臨時増刊号 第41巻第4号 青土社 2013年

■「意味喪失時代の教育 フランクル博士の講演」上・下 読売新聞 1969年2月3日付夕刊・4日付夕刊（東京本発行最終版）

■永田勝太郎「フランクル博士の生涯と実存分析〈ビクトール・E・フランクル博士講演記録〉 1993年5月29日東京医科大学臨床講堂にて」『Comprehensive Medicine（全人的医療）』Vol.1No.1 1996年3月

■Viktor E. Frankl「全人的医療の核としての実存分析（ロゴセラピー）」『心身医学』第34巻第1号 1994年1月
＊1993年6月3日、日本心身医学会総会（横浜市）での特別講演

参考資料

全体

【フランクルの著作とインタビュー】

日本語に翻訳された著作と、来日講演の記録は、263～260ページに掲載

ハドン・クリングバーグ・ジュニア『人生があなたを待っている〈夜と霧〉を越えて』1・2　赤坂桃子訳　みすず書房　2006年

ディヴィッド・コーエン「第6章　ヴィクトール・フランクル」『心理学者、心理学を語る　時代を築いた13人の偉才との対話』　子安増生監訳　新曜社　2008年

Frankl, Viktor E., *Ein Psycholog erlebt des Konzentrationslager,*（Wien: Verlag für Jugend und Volk,2. Auflage1947）

Frankl, Viktor E., ……*trotzdem Ja zum Leben sagen: Ein Psychologe erlebt das Konzentrationslager,*（München: Deutscher Taschenbuch Verlag, 2008c1977）

Frankl, Viktor E., *From Death-Camp to Existentialism: A Psychiatrist's Path to a New Therapy,*（Boston: Beacon Press,1961c1959）

Frankl, Viktor E., *Man's Search for Meaning: An Introduction to Logotherapy,*（Boston: Beacon Press,1963　c1959）

Frankl, Viktor E., *Man's Search for Meaning,*（Boston: Beacon Press,2006c 1959）

Frankl, Viktor E., ……*trotzdem Ja zum Leben sagen: drei Vorträge gehalten an der Volkshochschchule Wien-Ottakring*,（Wien: Franz Deuticke,2. Auflage1947）

Lion, Gabriel,"Synchronisation in Birkenwald: Eine metaphysische Conférence,"*Der Brenner,*1948　＊ガブリエル・リオンはフランクルのペンネーム

Frankl, Eleonore, A. Batthyany u. a., *Viktor Frankl Wien* Ⅸ*: Erlebnisse und Begegnungen in der Mariannengasse* 1, (Innsbruck/ Wien: Tyrolia Verlag ,2005)

Viktor E. Frankl Gesammelte Werke 1 *:…trotzdem Ja zum Leben sagen / Ausgewählte Briefe* 1945-1949, A. Batthyany, K. Biller und E. Fizzotti (Hg.), (Wien/Köln/Weimar: Böhlau Verlag,2005)

Viktor E. Frankl Gesammelte Werke 2 *: Psychologie des Konzentrationslagers / Synchronisation in Birkenwald / Ausgewählte Briefe* 1945-1993, A. Batthyany, K. Biller und E. Fizzotti (Hg.), (Wien/Köln/Weimar: Böhlau Verlag,2006)

Frankl, Viktor E., *Bergerlebnis und Sinnerfahrung,* Bilder von Christian Handl, (Innsbruck/Wien: Tyrolia Verlag,6.Auflage2008)

★The Official Website of the Viktor Frankl Institute Vienna
http://logotherapy.univie.ac.at/e/　2012/09/01閲覧

★DVD
"Viktor & I: An Alexander Vesely Film,"　©2011Noetic Films Inc.

【強制収容所記念館の図録等】

下記のほか、各記念館の展示、資料、サイトを参照した。また、イギリスの帝国戦争博物館、アメリカのホロコースト記念博物館、国立公文書館などの記録を参照した。

Buchenwald Concentration Camp 1937-1945, (2010)
Ludmila Chládková, *The Terezín Ghetto,*　英語版 (2005)
Auschwitz. The Residence of Death, (6 th.ed.,2007)
「アウシュビッツ・ビルケナウ　その歴史と今」 2009年第３刷改訂版

「アウシュヴィッツ　ビルケナウ　記憶の場　博物館」 2007年
*The Dachau Concentration Camp*1933*to*1945,（2005）
Bergen-Bersen,（2010）
Book of Remembrance. Prisoners in the Bergen-Belsen Concentration Camp,（2005）
Bergen-Belsen. Historical Site and Memorial,（2011）
▼犠牲者データベース
The Documentation Center of Austrian Resistance（DÖW）, Victim Databases
http://en.doew.braintrust.at/opferdb.html　2012/09/01閲覧
Yad Vashem, The Central Database of Shoah Victims'Names
http://db.yadvashem.org/names/search.html?language=en　2012/09/01閲覧

序章　生きる意味

自死遺児編集委員会・あしなが育英会編『自殺って言えなかった。』サンマーク出版　2002年
清水康之・上田紀行『「自殺社会」から「生き心地の良い社会へ」』講談社文庫　2010年
内閣府『自殺対策白書』平成22年版～平成24年版　2010～2012年
降幡賢一『オウム法廷９　諜報省長官井上嘉浩』 朝日文庫　2002年

第一章　『夜と霧』を抱きしめて

（映画「夜と霧」関係は後にまとめて記す）

霜山徳爾『共に生き、共に苦しむ私の「夜と霧」』 河出書房新社　2005年
霜山徳爾『多愁多恨亦悠悠　霜山徳爾著作集６』 学樹書院　2000年
霜山徳爾『時のしるし　霜山徳爾著作集７』 学樹書院　2001年
坂上和子『病気になってもいっぱい遊びたい　小児病棟に新しい風を！　遊びのボランティア17年』 あけび書房　2008年

小尾俊人『昨日と明日の間　編集者のノートから』 幻戯書房　2009年
H・S・クシュナー 『なぜ私だけが苦しむのか　現代のヨブ記』 斎藤武訳　岩波現代文庫　2008年
遠藤周作『白い人・黄色い人』 新潮文庫　1960年
石原吉郎『石原吉郎全集』 Ⅰ・Ⅱ・Ⅲ　花神社　1979～1980年
石原吉郎『続・石原吉郎詩集』 思潮社　1994年
石原吉郎『石原吉郎詩文集』 講談社文芸文庫　2005年
石原吉郎『望郷と海』 みすず書房　2012年
畑谷史代『シベリア抑留とは何だったのか　詩人・石原吉郎のみちのり』 岩波ジュニア新書　2009年
Lord Russell of Liverpool, *The Scourge of The Swastika: A Short History of Nazi War Crimes,* （New York: Philosophical Library,1954）
▼雑誌記事、論文
「週刊図書館／人間は失われない 『夜と霧』」『週刊朝日』 1956年９月30日号
霜山徳爾「フランクルと私」『みすず』 1997年10月号
霜山徳爾「リレー・エッセイ『書物をめぐる旅』１／フランクル『夜と霧』に会うまで」『ソフィア』 2002年春号
「留学先のドイツで　フランクルを訪ねました。／『夜と霧』初版の翻訳者　霜山徳爾さん」『いきいき』 2003年８月号
▼新聞記事
「声／『夜と霧』読んで苦難越えた　坂上和子」 朝日新聞　2009年10月16日付朝刊
「戦争悪をえぐる労作二つ　日、独の収容所での記録／ギリギリの人間像　ドイツ＝〝地上地獄〟での心理 『夜と霧』」 朝日新聞　1956年８月12日付朝刊
「戦争から人間を守るために　残忍な大量殺害の記録二つ／収容所の地獄相『夜と霧』 吉行淳之介」 読売新聞　1956年８月15日付夕刊
「書評／V. E.フランクル著　霜山徳爾訳　夜と霧」 カトリック教育　1956年９月１日付
「鬼気迫る『夜と霧』 明るみに出た地獄収容所」 内外タイムス　1956

年９月４日付
「『夜と霧』を読んで　家永三郎」 図書新聞　1956年９月22日付
「愚者の楽園　中村光夫」 読売新聞　1956年10月30日付夕刊
「“余り人間らしすぎる” ソ連帰り　石原さんの感慨」 朝日新聞　1953年12月６日付朝刊
「人／現代詩人会のＨ氏賞を受けた　石原吉郎」 朝日新聞　1964年３月９日付朝刊
「詩人・石原吉郎さん孤独の死」 朝日新聞　1977年11月16日付朝刊
「心の書／『夜と霧』　池田香代子」 朝日新聞　1999年６月１日夕刊

【映画「夜と霧」】
田山力哉『カンヌ映画祭35年史』 三省堂　1984年
アラン・レネエ「夜と霧」大島辰雄訳　『全集・現代世界文学の発見５　抵抗から解放へ』 針生一郎編　学芸書林　1970年
上村貞美「映画検閲制」『現代フランス人権論』 成文堂　2005年
Gerber, Jacques, *Anatole Dauman: Argos Films: souvenir-écran,*（Paris: Centre Georges Pompidou, c1989）
Knaap, Ewout van der（ed.）, *Uncovering The Holocaust: The International Reception of Night and Fog,*（London/New York: Wallflower Press, 2006）
▼雑誌記事、論文
「果して上映是か非か／ナチの大虐殺を暴露した記録映画」『週刊東京』 1956年６月16日号
安達二郎「記録映画『夜と霧』について」『中央公論』 1956年７月号　＊丸山眞男がペンネームで書いた文で、『丸山眞男集』第６巻（岩波書店　1995年）に収められている。
飯島正「『夜と霧』とアラン・レネエ」『映画評論』 1956年７月号
津村秀夫「新しい監督と古い監督３／人間性への不信と懐疑／『夜と霧』よりの連想」『スクリーン』 1956年９月号
「検閲と対決するフランス映画人」大島辰雄訳・編　『中央公論』 1956年10月号
ジャン・ケエロル「映画詩『夜と霧』 記録映画のためのコメンタリ

ー」大島辰雄訳　『映画資料』 1958年９月号
大島辰雄「夜と霧にとざされた税関波止場」『映画資料』 1958年９月号
「特集・見られざる傑作」『キネマ旬報』 1961年８月下旬号
「特集・税関カットの問題点をさぐる」『キネマ旬報』 1961年11月下旬号
清水千代太「骨抜きにされた『夜と霧』」『スクリーン』 1962年１月号
松田政男「『夜と霧』と『バングラデシュ』／政治の力学と記録の方法論」『キネマ旬報』 1972年11月上旬号
▼新聞記事
「公開？非公開？　波紋よぶ洋画四作品紹介／目を覆う戦争悪　ナチの残虐描く『夜と霧』仏」 読売新聞　1956年６月13日付夕刊
「一般公開は不可能　仏映画『夜と霧』」 毎日新聞　1956年６月21日付朝刊
「『夜と霧』輸入再申請」 読売新聞　1956年６月27日付夕刊
「『夜と霧』の公開実現へ／六カ所56秒分を削除して」 読売新聞　1961年10月10日付夕刊
「『夜と霧』やっと公開　強制収容所の惨状を記録」 朝日新聞　1961年10月10日付夕刊
「読者応答室から/輸入映画と税関」 朝日新聞　1961年10月14日付夕刊
宮沢俊義「許せぬ税関の映画検閲/憲法もはっきり禁じている」 朝日新聞　1961年11月８日付夕刊
▼DVD
「夜と霧」 アラン・レネ監督　©1956Argos Films/Cocinor
「ニュールンベルグ裁判」 スタンリー・クレイマー監督／製作　©1961Metro-Goldwyn-Mayer Studios Inc.

第二章　フランクルの灯――読み継ぐ人たち

永田勝太郎『痛み治療の人間学』 朝日新聞出版　2009年

永田勝太郎『痛みの力』　海竜社　2010年
『ロゴセラピーの臨床　実存心身療法の実際』　内田安信、高島博監修、永田勝太郎編　医歯薬出版　1991年
高島博『医学と哲学とを結ぶ　実存心身医学入門』　戸田義雄監訳　丸善　1981年
岸本葉子『がんから始まる』　文春文庫　2006年
岸本葉子『四十でがんになってから』　文春文庫　2008年
豊田正義『消された一家　北九州・連続監禁殺人事件』　新潮文庫　2009年
入江杏『ずっとつながってるよ　こぐまのミシュカのおはなし』　くもん出版　2006年
入江杏『この悲しみの意味を知ることができるなら　世田谷事件・喪失と再生の物語』　春秋社　2007年
大塚勇三再話『スーホの白い馬』　赤羽末吉画　福音館書店　1967年
柳田邦男　『「死の医学」への序章』　新潮文庫　1990年
柳田邦男『生きなおす力』　新潮社　2009年
本郷由美子『虹とひまわりの娘』　講談社　2003年
本郷由美子「犯罪被害者遺族の悲嘆　附属池田小学校児童殺傷事件」『グリーフケア　死別による悲嘆の援助』　高橋聡美編著　メヂカルフレンド社　2012年
斉藤道雄『悩む力　べてるの家の人びと』　みすず書房　2002年
斉藤道雄『治りませんように　べてるの家のいま』　みすず書房　2010年
『べてるの家の本』べてるの家の本制作委員会編　発行者・清水義晴　発行所・べてるの家　1992年
向谷地生良・辻信一『ゆるゆるスローなべてるの家　ぬけます、おります、なまけます』　大月書店　2009年
向谷地生良『べてるな人びと』１・２　一麦出版社　2010年
エリ・ヴィーゼル『夜・夜明け・昼』　村上光彦訳　みすず書房　1984年
渡井さゆり『大丈夫。がんばっているんだから』　徳間書店　2010年
NPO法人社会的養護の当事者参加推進団体日向ぼっこ編著『施設で

育った子どもたちの居場所「日向ぼっこ」と社会的養護』 明石書店 2009年
諸富祥彦『〈むなしさ〉の心理学 なぜ満たされないのか』 講談社現代新書 1997年
諸富祥彦『フランクル心理学入門 どんな時も人生には意味がある』 コスモスライブラリー発行 星雲社発売 1997年
諸富祥彦『生きづらい時代の幸福論 9人の偉大な心理学者の教え』 角川 one テーマ21 2009年
滝沢克己『現代の事としての宗教』 法蔵館 1969年
『滝沢克己著作年譜』坂口博編 創言社 1989年
梶川哲司「はるかなるものへの想い 和歌山雑賀崎・夕日を見る会の活動から」『日本ロゴセラピスト協会論集 第3号』 2011年
勝田茅生『ロゴセラピー入門シリーズ』1～9 システムパブリカ 2008～2010年
大越桂『きもちのこえ 19歳・ことば・私』 毎日新聞社 2008年
大越桂『花の冠』 朝日新聞出版 2012年
大越桂『海の石』 光文社 2012年
山田邦男『フランクル人生論 苦しみの中でこそ、あなたは輝く』 PHP エディターズ・グループ発行 PHP 研究所発売 2009年
下程勇吉『宗教的自覚と人間形成』 広池学園出版部 1970年
下程勇吉「解説 正木正教授の人と道徳教育論」『正木正選集1 道徳教育の研究』 金子書房 1960年
武田修志『人生の価値を考える 極限状況における人間』 講談社現代新書 1998年
▼雑誌記事、論文
松井二郎「ソーシャル・ワーカー論 哲学的基盤を求めて」附・翻訳パウル・ティリッヒ「ソーシャル・ワークの哲学」『北星論集』第15号 1977年
正木正「教育心理学における方法と人間(遺稿)」『大脇義一教授在職35年記念 心理学論文集』 東北大学文学部心理学研究室 1959年
▼新聞記事
「フランクルと現代／来日に寄せて 霜山德爾」 読売新聞 1969年1

月23日付夕刊

第三章　強制収容所でほんとうに体験したこと

徐京植『私の西洋音楽巡礼』　みすず書房　2012年
ヴォルフガング・ベンツ『ホロコーストを学びたい人のために』　中村浩平、中村仁訳　柏書房　2004年
芝健介『ホロコースト　ナチスによるユダヤ人大量殺戮の全貌』　中公新書　2008年
ラウル・ヒルバーグ『ヨーロッパ・ユダヤ人の絶滅』上巻　望月幸男、原田一美、井上茂子訳　柏書房　1997年
『ホロコースト大事典』　ウォルター・ラカー編　井上茂子、木畑和子、芝健介、長田浩彰、永岑三千輝、原田一美、望田幸男訳　柏書房　2003年
トニー・クシュナー再話『ブルンディバール』　モーリス・センダック絵　さくまゆみこ訳　徳間書店　2009年
篠田浩一郎「ゲーテの木　詩を書くことは犯罪か」『ゲーテの木　戦闘的ヒューマニズムの文学』　晶文社　1972年
中谷剛『アウシュヴィッツ博物館案内』　凱風社　2005年
フェリクス・ティフ編著『ポーランドのユダヤ人　歴史・文化・ホロコースト』　阪東宏訳　みすず書房　2006年
スピノザ『エチカ　倫理学』下巻　畠中尚志訳　岩波文庫　1975年第18刷改版
上田和夫『ユダヤ人』　講談社現代新書　1986年
ハロルド・S・クシュナー『ユダヤ人の生き方　ラビが語る「知恵の民」の世界』　松宮克昌訳　創元社　2007年
エヴァ・ホフマン『記憶を和解のために　第二世代に託されたホロコーストの遺産』　早川敦子訳　みすず書房　2011年
Schwarberg, Günther, *Dein ist mein ganzes Herz: Die Geschichte von Fritz Löhner-Beda, der die schönsten Lieder der Welt schrieb, und warum Hitler ihn ermorden ließ*,（Göttingen: Steidl Verlag,2000）
Berkley, George E., *Hitler's Gift: The Story of Theresienstadt*,（Boston:

Branden Books ,1993)

Epple, Alois, *KZ Türkheim: Das Dachauer Außenlager Kaufering* Ⅵ, (Bielefeld: Lorbeer Verlag,2009)

▼雑誌記事、論文

Margry, Karel. "Theresienstadt (1944-1945) : The Nazi Propaganda Film Depicting the Concentration Camp as Paradise," *Historical Journal of Film, Radio and Television* Vol.12, No.2,1992

▼DVD

「ナチス、偽りの楽園　ハリウッドに行かなかった天才」マルコム・クラーク監督／脚本、スチュアート・サンダー共同監督　©2003Alliance Atlantis.

"The Führer Gives a City to the Jews,"©2005The National Center for Jewish Film

「シンドラーのリスト」スティーヴン・スピルバーグ監督　©1993 Universal City Studios, Inc. and Amblin Entertainment, Inc.

「バンド・オブ・ブラザース」第９話（DVD 第５巻）スティーヴン・スピルバーグ&トム・ハンクス製作総指揮　©2001Home Box Office, a Division of Time Warner Entertainment Company, L. P.

▼サイト

The White House,"Remarks by President Obama, German Chancellor Merkel, and Elie Wiesel at Buchenwald Concentration Camp," 2009/06/05
http://www.whitehouse.gov/the_press_office/Remarks-by-President-Obama-German-Chancellor-Merkel-and-Elie-Wiesel-at-Buchenwald-Concentration-Camp-6-5-09/　2012/09/01閲覧

Obama's uncle liberated Auschwitz?–YouTube2008/05/27
http://www.youtube.com/watch?v=SV1sxq8mqvA　2012/09/01閲覧

Obama's ,Auschwitz'mistake　NBC NEWS.com2008/05/27
http://firstread.nbcnews.com/_news/2008/05/27/4429120-obamas-auschwitz-mistake?lite　2012/09/01閲覧

第五章　本がよみがえるとき
高橋シズヱ・河原理子編『〈犯罪被害者〉が報道を変える』 岩波書店 2005年
柳田邦男『犠牲（サクリファイス） わが息子・脳死の11日』 文春文庫 1999年
美谷島邦子『御巣鷹山と生きる 日航機墜落事故遺族の25年』 新潮社 2010年

年表

1905	3月26日	ヴィクトール・フランクル、オーストリアのウィーンで、ユダヤ人家庭に生まれる。父ガブリエルは福祉省勤務。母エルザ。兄ヴァルター。後に妹ステラが生まれて、3人きょうだいとなる
1914—18		第1次世界大戦
1924		ウィーン大学に進学。フロイトの紹介で論文が国際学術誌に載る
1926		学術会議で「ロゴセラピー」という言葉を初めて使って講演 その後、医学生として、若者の自殺防止活動にかかわる。私立病院で実習
1933		ウィーン市立の精神科病院に勤務、女性病棟を担当 ドイツでヒトラーが政権をとる。ダッハウ強制収容所開設
1937		クリニック開業
1938		ドイツがオーストリアを併合、チェコスロバキアのズデーテン地方を併合 ユダヤ人襲撃「水晶の夜」事件 独ブーヘンヴァルト強制収容所の歌「それでも人生にイエスと言おう」ができる
1939		ドイツがチェコを「保護領」に。ポーランド侵攻 英仏がドイツに宣戦布告し第2次世界大戦始まる ドイツ、障害者「安楽死作戦」開始、チクロンBを使いガス殺実験
1940		ドイツが、デンマーク、ノルウェー、オランダ、フランスなどを占領

		ユダヤ人隔離集住（ゲットー化）政策を進める
		ユダヤ人専門のロートシルト病院の神経科科長に就任
		「医師による魂の癒し」の論文を書き始める
1941		独ソ開戦
		ドイツ・オーストリアで、6歳以上のユダヤ人に黄色い星の着用を義務付け
		ヒトラーの指示で、占領地の抵抗者をひそかに拉致する「夜と霧」作戦を発令
		ロートシルト病院の看護師ティリー・グローサーと結婚
1942		ドイツ、ヴァンゼー会議で「ユダヤ人問題の最終解決」の方針を確認
		アウシュヴィッツ＝ビルケナウなどの収容所ガス室で大量殺戮開始
		両親と妻と、チェコのテレージエンシュタット収容所へ送られる
		妹夫妻はすでにオーストラリアへ移住。兄夫妻はイタリア経由で脱出を図る
1943		テレージエンシュタットで、81歳の父を看取る
1944		テレージエンシュタットで、国際赤十字が視察。ナチスの宣伝映画撮影
		母を残し、ヴィクトールと妻ティリーはアウシュヴィッツへ移される
		ティリーとわかれ、さらにドイツ南部のダッハウ強制収容所の支所のカウフェリング第3収容所へ。戦闘機工場建設のため強制労働させられる
1945	1月	ソ連軍がアウシュヴィッツを解放
	3月	ヴィクトール、テュルクハイム強制収容所へ。40歳になる

		発疹チフスにかかり高熱のなか、「医師による魂の癒し」の構想をメモ
	4月	アメリカ軍がテュルクハイム強制収容所を解放
	5月	ドイツ降伏
	8月	ヴィクトール、ウィーンに戻り、家族の死を知る
		妻ティリーはベルゲン゠ベルゼン強制収容所で解放後に死亡。母はアウシュヴィッツに送られてガス室で殺され、兄夫妻もアウシュヴィッツ付属施設で死亡していた。失意のなか、周囲のすすめで本を執筆
1946		『医師による魂の癒し』、ついで『一心理学者の強制収容所体験』を出版。市民大学で連続講演して、『それでも人生にイエスと言う(三つの講演)』を出版。戯曲「ビルケンヴァルトの共時空間」を執筆。ポリクリニックの神経科医長となり、歯科助手エレオノーレ・シュヴィント（エリー）と出会う
1947		エリーと再婚。一人娘ガブリエレが誕生。以後、多数の本を執筆する
1948		ウィーン大学の准教授に就任。戯曲「ビルケンヴァルトの共時空間」が、文芸誌にガブリエル・リオンのペンネームで載る
1953		霜山徳爾、西ドイツのボン大学へ留学
1955		ヴィクトール、ウィーン大学教授に就任
		アルゼンチンで『一心理学者の強制収容所体験』などのスペイン語訳を出版
		アメリカで『医師による魂の癒し』英訳出版
		アラン・レネ監督の映画「夜と霧」、アウシュヴィッツなどで撮影
1956		みすず書房『夜と霧』出版、霜山徳爾訳。以後、『死と愛』などを順次刊行

1959		アメリカで『一心理学者の強制収容所体験』英訳出版
1961		ヴィクトール、米ハーバード大学などの客員教授に
1969		来日。１月に國學院大学で講演、63歳
1977		「一心理学者の強制収容所体験」改稿と戯曲を１冊にして、『それでも人生にイエスと言う』という書名に改めて、ドイツの出版社から出す
1985		テュルクハイム強制収容所解放50年の式典でスピーチ、80歳
1988		ヒトラー進駐50年の式典でウィーン市庁舎前で演説、82歳
1992		家族と研究者がウィーンにヴィクトール・フランクル研究所設立
1993		来日。日本実存心身療法研究会などで講演、88歳
		春秋社『それでも人生にイエスと言う』（山田邦男、松田美佳訳）出版。その後、『意味への意志』『苦悩する人間』などを順次刊行
1995		戦後50年、ウィーン市名誉市民に。回想録を出版
1997	９月２日	92歳で死去
2001		アメリカで夫妻の伝記が出る（ハドン・クリングバーグ・ジュニア著）
2002		『夜と霧　新版』（池田香代子訳、みすず書房）出版
2004		ヴィクトール・フランクル・センター・ウィーン創設
2005		ウィーンで、フランクル全集の出版が始まる
2011		『医師による魂の癒し』の最終版を翻訳した

		『人間とは何か』（山田邦男監訳、春秋社）出版 孫のアレクサンダー・ヴェセリーが制作した映像作品“Viktor & I”完成

＊伝記、回想録、フランクル研究所のサイト、『ホロコースト』（芝健介）などを参照

フランクル『夜《よる》と霧《きり》』への旅《たび》　朝日文庫

2017年4月30日　第1刷発行
2025年3月30日　第3刷発行

著　者　河《かわ》原《はら》理《みち》子《こ》

発行者　宇都宮健太朗
発行所　朝日新聞出版
〒104-8011　東京都中央区築地5-3-2
電話　03-5541-8832（編集）
03-5540-7793（販売）

印刷製本　大日本印刷株式会社

Published in Japan by Asahi Shimbun Publications Inc.
定価はカバーに表示してあります

ISBN978-4-02-261898-6
落丁・乱丁の場合は弊社業務部（電話03-5540-7800）へご連絡ください。
送料弊社負担にてお取り替えいたします。

朝日文庫

内田　樹／平尾　剛
ぼくらの身体修行論

思想家・武道家のウチダ先生と元ラグビー日本代表の平尾剛氏が身体論をめぐって意気投合。勝敗や数値では測れないカラダの潜在力を語る。

釈　徹宗
早わかり世界の六大宗教

ヒンドゥー教、神道、ユダヤ教、キリスト教、イスラーム、仏教の「聖典」をわかりやすく解説した、新しい宗教入門書。《解説・細川貂々》

上野　千鶴子
身の下相談にお答えします

家族関係、恋愛問題、仕事のトラブル……あなたの悩みを丸ごと解決。朝日新聞土曜別刷be人気連載「悩みのるつぼ」から著者担当の五〇本を収録。

高橋　源一郎
非常時のことば
震災の後で

「3・11」以降、ことばはどう変わったのか？詩や小説、政治家の演説などからことばの本質に迫る、文章教室特別編。《解説・荻上チキ》

岩井　俊憲
働く人のためのアドラー心理学
「もう疲れたよ…」にきく8つの習慣

「上司と合わない」「職場の人間関係がつらい」「会社に行きたくない」などの悩みを抱えた働く人にこそ読んでほしい、アドラー心理学の入門書。

安藤　俊介
アンガーマネジメント入門

職場や家庭で、日々、イライラしている人、必読！「怒り」を知り、上手にコントロールするための手法「アンガーマネジメント」をわかりやすく解説。